내 삶의 여백에 핀 꽃

김정우 시집

내 삶의 여백에 핀 꽃

김정우 지음

발행처 도서출판 청어
발행인 이영철
영업 이동호
홍보 천성래
기획 남기환
편집 방세화
디자인 이수빈 | 김영은
제작이사 공병한
인쇄 두리터

등록 1999년 5월 3일
(제321-3210000251001999000063호)

1판 1쇄 발행 2023년 5월 10일

주소 서울특별시 서초구 남부순환로 364길 8-15 동일빌딩 2층
대표전화 02-586-0477
팩시밀리 0303-0942-0478
홈페이지 www.chungeobook.com
E-mail ppi20@hanmail.net

ISBN 979-11-6855-148-0(03810)

내 삶의 여백에 핀 꽃

김정우 시집

시인의 말

그동안 내 삶의 여백에 혼자만의 꽃은 피고 지고 얼마이든가 평탄한 길도 있었지만, 숨쉬기도 버거운 가파른 길 넘고 넘어 어언 지금 여기 내가 있다. 몸은 비록 고달파도 마음은 물 같이 흘러 하늘로 오르는 꿈을 꾸며 여백에 마음의 꽃을 피워오지 않았나, 비록 마음 밭에 심고 가꾼 시목(詩木)이 관심을 끌지 못할지라도 스스로 위안을 하며 혼자만의 독백처럼 피운 꽃들, 지금에 와서 버리기엔 마음이 아프고 아쉬움이 앞을 가려 마음 창고에 잠들어 있는 꽃들을 일깨워 피운 시로 쓴 회고록이라고나 할까. 미흡하지만 순수한 열정으로 돌아가 다시 피워본다.

전반부는 70년대 이전의 센티하고 꿈 많은 청소년기의 감성을 되살려 추억을 반추해보는 기회를 가졌으며, 70년대 이후 격동의 청년기를 거치며 틈틈이 적어놓은 글들과 80년대 이후 삶의 안정을 찾아 열정을 쏟던 때를 돌아보는 계기를 갖게 되었다. 공직생활 은퇴 후 생의 후반부에 정신적 위안이 되어 준 글들을 선별해 남은 애정을 쏟아 재탄생시켜 본다.
마음 밭에 잠든 시목이 어느 날 갑자기 사라진다면 얼마나 아쉽고 서운할까.

무한궤도를 달려온 여정, 종착역에 다다르기 전에 잠시 간이역에서 삶의 향기 풍기는 차 한 잔 들며 쉬어 가는 여유를 갖고 싶은 게다.

이번이 제3집 탄생인데, 마음 같아서는 매년 출간하고 싶었지만, 여력이 부족하고 게을러 실행에 옮기지 못해 마음이 개운치가 않았다. 하지만 마음 창고에 잠자는 작품들을 다시 깨워 선보이게 되어 기쁘고 위안이 된다. 이를 성원해준 모든 분과 청어출판사 관계자분들께 심심한 감사의 뜻을 표한다. 특히 어려운 여건에서 성원해 준 집사람에게 고마움을 안기며 이만 여운이 남는 머리글로 갈음하고자 한다.

2023. 4.

시목의 여운 담아 갈원 김정우 배상

시로 쓴 회고록

어언 연륜이 깊어지면서 촉감도 둔해지고 눈도 침침한데 돌아갈 수 없는 지난날들이 아련히 그리움으로 가슴에 번져오던 날, 우연히 책장을 정리하다 빛바랜 노트 한 권 발견하고 뭔가 가슴 뭉클 느끼는 메시지가 있어 지난날들을 회상하며 되새겨 본다.

뒤돌아보면 허상의 욕망에 젖어 산 내 삶이 부끄럽기도 하지만 청춘의 꿈에 부풀었던 그 시절이 마음 한구석에 침잠, 꿈틀거리고 있어 정갈한 마음에 피는 꽃, 순수의 숨결로 돌아가 아쉬움의 글들을 정리, 재탄생시켜 본다.

차례

4 시인의 말
7 시로 쓴 회고록

1부 꿈 많은 청소년기

18 낙숫물
19 오월의 행진곡
20 아지랑이
21 겨울나무
22 구름 가는 곳
23 은하수를 베고 눕다
24 아가에게
25 진의의 숨결
26 소녀상
27 상록수
28 그리움 터지다
30 소리 없는 다짐
31 새벽
32 벗고 싶은 베일
34 가을의 사색
36 도시의 가을

37 박꽃과 소녀
38 봄의 서정
40 봄 자락 끌어안다
41 백사장
42 고독의 독백
43 봄빛 타는 곳에 앉아
44 작가의 손길
45 상상의 나래를 접다
46 현충일에 띄우는 편지
47 산(山)의 품에 안기다
48 미래의 운김
49 첫눈

2부 격동의 청년기

52 석상(石像)
53 창조의 눈빛
54 눈이 내리던 날
56 뿌리를 찾아서
57 너 자신에게
58 어느 여인에게
60 꿈속의 여인
61 날개 없는 새
62 해변의 정취

63 상(像)
64 한밤의 영상 편지
65 어느 봄날의 편지
66 자연의 향기
67 생명의 소리를 찾아서
68 구월의 표정
69 상춘 길
70 눈빛
71 오월의 숲으로 가다
72 흘러간다는 것
74 향학로의 구월
76 삶의 사색
77 눈밭에 앉아
78 봄이 오는 소리
79 시심(詩心)
80 울산바위 등정기
82 통일의 그날
84 밤섬
85 유월의 태양이 식어질 때
86 아침고요수목원
88 아카시아꽃
89 지게
90 감나무의 선택
91 입고 있는 옷

3부 장년기 보람찬 삶의 꿈을 찾아서

94 봄은 누구의 소유인가
95 삶의 향기를 찾아서
96 풀 향기
97 꽃이 좋은 이유
98 오월이가 왔다고
99 봄꽃 천사
100 진달래
101 얼굴
102 눈이 내린다
103 미틈달
104 입동의 얼굴
106 한 알이 되어
108 사유의 쉼터
110 낙엽
111 주왕산 계곡
112 칠월의 길목
113 자정(自淨)
114 향기
115 유리창에 성에가 끼는 날에는
116 물안개 걸친 예봉산을 가다

118 한겨울의 독백
119 두근거림병
120 벼의 삶과 흔적
122 짐
123 추상화 속에 피는 꽃
124 행복이 머무는 곳
126 겨울 산을 오르는 이유
127 너에게서 느끼는 작은 행복
128 기억상실증
130 태극기 앞에서
131 모과나무의 행복
132 가을 전시회의 초대
134 산으로 간 이유
136 눈꽃길을 가다
137 벚꽃 지는 길
138 발(足)
139 철쭉꽃
140 단 한 번의 여행
141 꿈틀거리는 소리를 듣다

4부 내 생애의 후반부에 피는 꽃

144 봄바람
145 나팔꽃
146 시간 앞에 서면
147 계단
148 꿈 1
150 석류
151 어느 4월에 쓴 편지
152 입춘
153 설원의 발자국
154 낙엽 떨어진 길
155 아버지와 막걸리
156 첫사랑
158 바람이어라
159 시목(詩木)
160 목련꽃 지던 날
161 물든다는 것
162 살며 가끔 찾아드는 병
164 오월의 환상곡
165 오월의 숲
166 어느 겨울밤의 단상
167 누에는 허물을 벗고 비단옷을 입는다
168 매듭달의 그림
169 아름다운 숨소리

170 아버지의 마음
171 창밖의 봄바람
172 풋내 나는 칠월
173 타오름 달의 단상
174 겨울나무
175 동면의 꿈
176 창문에 걸린 홍시꽃
177 꿈 2
178 고도(孤島)의 낮
179 산딸기
180 물오르는 봄
182 잎의 계적(啓迪)
183 내 삶에 향기를 찾아서
184 고목에 피는 꽃
185 품격이란
186 성취감
187 야구경기를 보고
188 고드름
189 틀
190 당신은 오늘 하루 어떻게 지내셨나요

192 닫는 글

1부

꿈 많은 청소년기

–70년 이전의 청소년 시절의 작품

낙숫물

무거운 침묵을 깨고
뚝 뚝 뚝…

누구의 눈물일까
누구의 핏방울일까
또, 사랑의 파멸일까 망각일까

내 귀엔 역력히 뚝 뚝 뚝

기구한 숙명의 회상곡
숨져간 선열의 핏방울
불연속상의 사랑의 노크

하지만 이 모두
내 마음속의 외침 독백이었다
지금도 낙숫물은
뚝 뚝 뚝…
내 마음을 울리고 있다

오월의 행진곡

닮아 보자 내 맘껏
하늘빛이 보듬은
저 넘치는 신록을…

달려보자 내 맘껏
푸름이 배어드는
저 대지의 숨결을…

풋내 배인 가슴
연둣빛 함성의 물결
희망찬 오월의 행진곡을 들어보자

가다가 멈추더라도
일렁이는 저 푸른 결기로
힘차게 내일로 달려가 보자

붉게 타오르는 해를 품고
저 야망에 불타는 대지에
연둣빛 신록을 맘껏 심어보자

아지랑이

앞뜰에 아지랑이 아롱거리고
우리 집 지붕에도 아롱거린다
하늘하늘 사라지면 보이지 않고
아롱아롱 아지랑이 자꾸만 보면
눈빛이 아른아른 졸음이 온다

겨울나무

어제의 푸름 다 어디 가고
뼈대만 앙상히 남아있구나
매서운 바람이 후리고 갈 때면
춥다고 윙윙 울고만 서 있구나

차가운 흰 눈이 온몸을 덮쳐도
너는 묵묵히 그 자리에 서 있구나
보란 듯,
봄을 기다리는 네 모습이
정녕 당당하여 이 마음 머문다

구름 가는 곳

구름은 흘러 어디로 가는가
그리움 싣고 고향으로 간다

구름은 흘러 어디로 가나
추억을 더듬는 이 마음 싣고
가슴에 잠든 소꿉친구 찾아간다

구름은 흘러 어디로 가나
어머님 기다리는 꿈나라로 간다

구름은 흘러 어디로 갈까
한 움큼 외로움 싣고
파란 베일 속으로 홀연히 사라진다

구름은 흘러 어디로 가는가
하 많은 사무친 사연 싣고
강 건너 산 넘어 꿈 찾아간다

은하수를 베고 눕다

별빛 쏟아지는 여름밤
풀벌레 자장가 소리에
은하수 베고 꿈나라로 간다

그곳에서
견우와 직녀의
애절한 만남을 훔쳐본다

상상 속의 만남 가슴 저려
세상마저 버릴까 두렵다

하지만,
변함없는 다짐, 상상은
별들의 축복 속에
숙명적 언약의 만남이었다

난 새삼스레,
사랑하는 사람으로부터 배운다는
괴테의 말이 아련히 떠올랐다

아가에게

너는 모른다 이 세상을…
너는 모르리라 사람의 마음을…
그러나 넌, 곧 알게 될 게다

한 송이 망울 트는 미소처럼
난 동심으로 돌아가
오늘의 번뇌를 지워본다

해맑은 눈동자는 빛나고
천진난만한 천사의 마음은
옥구슬처럼 티 하나 없이 맑다

하지만,
넌 알게 될 거다
느끼게 될 거다
아픔, 슬픔을 알게 되는 날
넌 이미 어린아이가 아니리라

진의의 숨결

송이송이 웃음 띄워
사랑의 품이 열려있는
신비의 숲속으로 갔다
조수(鳥獸)의 속삭임은
진실의 민낯, 울림이었다

나는 그곳에 아담한 집을 짓고
저녁연기 모락모락 피어오르는
에덴의 동산을 꿈꾸며
마음에서 우러나는 종소리를 울리고 싶다

별님 달님 마실 와 노니는 곳
무엇이 행복이요
진리의 깨달음인지
늘 그곳에 머물고 함께 살고 싶다

소녀상

춘 사월 꽃이 핀다고
속내는 보이지 마라
간밤에 소년은 울고 싶단다

녹음의 아우성 그 너머로
푸른 바다가 가슴에 안겨온다
내일은 수평선 너머에 있고
아직, 열매는 훗날에 맺으련다

낙엽이 지는 정원에선
슬퍼하지 마라
익어간 사랑이 탈선을 고한다

흰 눈이 펑펑 쏟아지는 날
가슴 부푼 용솟음일랑
묵묵히 가슴에 묻어 두어라

긴 밤 지새우며
네 마음 갖고파 난 울고 싶었단다
그러나 달님이 대신 전해주리라
이 설레이는 사랑의 연가를…

상록수

희망의 색깔로
시간을 부정하고
굳어버린 자화상
나만의 색깔로 입히고 싶다

그 속에
아름다움이 있어
난 귀를 쫑긋 세우고
침묵으로 마음을 달랬지만
흘러간 과거도 오늘이었다

시간 묻은 고목을 딛고
자연의 향기를 풍기며
나에게 할 얘기가 있다고
조용히 날 불러 속삭인다

젊다는 의미도 모른 채
그 그림자 밑에서
사랑을 속삭이다 울기도 하고
때론 웃기도 한다
그러나 난,
빈 가슴에 한 그루 상록수를 심고 싶다

그리움 터지다

부르다 쓰러져 죽을
신음소리
차라리 시간이 흐른
지금의 심정일 게다

잊으려 기억됨이 죄가 된다면
마음의 도반은 진정
사랑의 얘기로 끝나지는 말아야 한다

쓰라림보다
갈증보다
더한 가시밭길
이것이야말로
큰 꿈의 지름길이 되어야 한다

사고(思考)란
강렬한 생의 표시라지만
멍울져 터져버린
이 그리움은 무슨 생의 표시련가

망각과 기억
세월이 약이라면
멍든 가슴앓이는 되지 말아야지
흩어진 구슬도 그대로 두고
찢어진 마음도 그대로 두자
그것이 싫다면
가다가 소리치자
못내 싫증이 날 때까지

소리 없는 다짐

피 뿌려 하나를 찾든 조국
이것이 정녕,
정해진 근본이라면
이 운명의 장난은 무엇인가

고귀한 선열의 외침은
무엇을 찾는 교훈인가
역사를 잊고
이단의 역사는 만들지 말자

찢어지는 가슴
어찌 참으리요
동해와 서해가 맞닿을지라도
오늘 그리고 내일을 위해
이 한목숨 바쳐 나라를 지키리라

-나라 사랑 길목에 핀 꽃

새벽

밤새도록 누굴 위해
이렇게 맑게 씻어 놓았을까
그대의 거룩한 품속엔
이제, 막 하늘의 뜻대로
여명이 터 밝아옵니다

웃음 가득 실어 올
그대의 귀한 선물
이제 곧,
어둠을 사르고
썰물처럼 밀려올 것입니다

그대의 순수한 표정
갖은 낙서, 고뇌
거룩한 손으로 어루만져 주리라
생명을 불어넣어 주는 그대의 뜻 담아
난 오늘도 아름다운 씨앗 하나 심고 싶다

벗고 싶은 베일

사랑스런 시선을
외면하면
다시 보고 싶은 얼굴
무엇인가 알고 싶어
욕망의 불길, 가슴만 설렌다

꿈에 그리던 상(像)
향수처럼 가슴 조이는데
영원한 표상 하나
못내 가슴에 묻는다

어여쁜 꽃도
때론 담담하게 보이지만
먼 훗날,
꿈속에서 다시 찾을 것을
서러운 채 아쉬움이 번져
꽃의 향기마저 지워버리지 않았나

마음과 표정
행동과 다른 모습은
벗고 싶은 베일일 게다
소녀의 미소는 내 마음
내 마음은 익어가는 꿈
이 모두 자연의 모습을 닮았다

가을의 사색

동산에 걸린 갈잎의 노래
감상하다 쓰러질 몸뚱어리는
어디에서 치유해야 합니까

호수에 깃든 잔영,
찢긴 언어
마음 거울 속에 핀 꽃은
어느 환생,
무엇을 갈구하는 호소입니까

낭만이 걸어간 오솔길
마음의 창을 열고
한시름 접고 터벅터벅 걷고 싶다
하지만,
못내 아쉬워
창천(蒼天)을 나는 이 누구입니까

황금빛 들판
붉게 익은 능금 알은
뉘, 준 선물일까
갖고 누리고 보고 싶은 욕망은
꿈이 익는 설렘의 짓,
내일을 열고 옵니다

소망 하나 가져다준
어제가 있기에
비바람에 쓸리고 밟혀도
이 마음 담아,
거친 창파에 띄우렵니다

도시의 가을

청잣빛 하늘을 닮아보련
내 마음아
붉은 잎은 상상이 피는 미소
살며시 다가오는 가을이어라

잔잔한 파문 속에
웃음 짓는 코스모스
가을바람이 주고 간 선물이련가

가을은 내 곁에 살며시 다가오고
저 물든 잎이 내 마음을 열면
고운 여운, 한 아름 안겨온다
호수에 비친 가을 임의 날개
그만 깃을 접고 꿈나라로 간다
아름다운 뒷모습을 남긴 채…

박꽃과 소녀

영롱한 이슬 머금고
백옥 같은 속내를 살며시 펴고
누가 볼까 조심스레
가을의 체취를 즐기며 보듬는다

풀벌레 소리,
가슴 설레는 가을밤의 애상곡
그리움이 유혹하는 별들의 속삭임
혼자만의 사랑을 잡지 못해
살며시 마음의 창을 연다

허공을 맴도는 애절함이
그리움으로 도져 승화되면
상상의 나래 펴고 꿈나라로 간다
이 그리움 터져, 취하도록 마신 고독
너를 닮은 백옥 박꽃이 피고
간밤 별님 달님의 속삭임은
이슬 머금고 하얀 마음을 살포시 연다

봄의 서정

(1)

어떤 결인가
너를 그리는 유혹이
따스한 햇볕을 타고
연보랏빛 나래를 편다
실버들 가지에 물오르는 소리
지워지지 않는 설렘 하나 가슴에 품는다

이렇게 봄은 오고
마음은 싱숭생숭한데
나, 너의 다정한 벗 되어
정 붙는 봄을 보듬어 보지만
이리 가슴을 흔들어 놓을까
난, 차라리 너의 유혹을 뿌리치고 싶다

(2)

화창한 봄날
보드라운 바람결이
센티한 마음을 흔들고
꽃에 새겨진 언어들은
차분한 이 마음을 들쑤셔 놓고
온 누리는 부푼 꿈으로 가득 차 있다

난 어느 누구로부터
사랑을 강요받은 것도 아니요
사랑할 이유도 없는데
너에게 끌리는 마음 가눌 길이 없다
이 봄날이 다 가버리기 전에
잡지 못해 후회의 시간을 남길 것을…

봄 자락 끌어안다

별 서린 날씨가
어머니의 품속처럼 푸근하다
휴일 맞아 찾아드는 손님들이
들뜬 마음 발걸음도 가벼이
봄 마중 성시를 이룬다

저 멀리 봄 자락이 펄럭인다
방구석에 박힌 가슴앓이
어지럽게 밟고 지나가는 미소
마음 흔드는 미운 유혹이어라

체념한 듯 그리움 곱씹으며
호리는 봄 자락을 잡고
긴 숨을 내쉬며 임의 품에 안긴다
그건, 뿌리칠 수 없는 봄의 마력이었다

백사장

오렌지빛 노을 열고
속삭임이 익어가는 곳
붉게 물든 결이 일렁인다
모래알 하나하나에 새긴 정
먼 꿈나라로 다정히 걸어간다

언제이던가
뜨거운 눈물이 방울방울 맺혀
성근 가슴으로 모래알을 쓸어 담는다

난 말이 없는 네가 좋아
하 많은 발자국을 남겼으리라
보송보송 새겨지는 발자국
끝이 보이지 않는 애정을 토하다
난 그만, 알듯 모르듯 신기루에 빠진다

고독의 독백

가슴 조이며 곱씹는다
아스라이 스며드는 고독
시간은 누가 준 선물인가
강요받은 것도 아니지만
그건, 괴롭게 파고드는 파문였다

그리움에 지쳐 일그러진 얼굴
쉬 버리지 못하는 내 마음의 욕구인가
애타게 갈구하며 쫓아간 시간들
모든 것을 체념한 듯
추측과 가설로 그려 보지만
그것은 자존의 견디기 힘든 꿈이었다
무엇을 찾고 갈구하는 눈빛인가
임이시여,
처절히 뒤틀린 가슴에 한 줄기 빛을 주옵소서

봄빛 타는 곳에 앉아

먼저 버들강아지가 너를 알아보고
개나리, 진달래에게 동심을 쏟는다
가슴 웅크린 어제로부터
하늘을 날 듯 오늘이 무척 기다려졌나 보다

초조하고 무거운 표정이던 그가
봄빛 열린 곳에 모든 것을 던져 버리고
누구인가에게 핑크빛 사랑을 속삭인다

여기, 물들어가는 봄빛 산하
바람 맛 자락이 살갑게 일렁여
해묵은 침묵 창을 여는 손길이 곱다

봄빛은 살포시 꽃망울 물고
가시네는 봄빛 타는 곳에 홀로 앉아
유혹의 웃음꽃을 피우고 있다

작가의 손길

아물거리는 조각배는 향수의 파편
한 폭의 그림이어라
적막을 벗지 못한
자신만의 찬란한 별 은하강의 신화이어라
자욱한 안개 속을 벗고
아련히 떠올라 마음 조여 오는 상
그건, 여명이 가져다준 아침의 창조이어라

미소 띤 꽃술에 벌 나비는 찾아들고
풍기는 향기는 도취의 번민으로 간다
아쉬움에 지는 꽃, 가슴에 꽂힌 한 송이 꽃이어라

싸늘한 바람이 쓸고 간 뒤
시(詩)의 한 조각 허공을 떠돌다 돌아온다
어디로 가는지, 무슨 뜻이 있어 찾아온 건지
작가의 손길은 바쁘게 순간을 포착 곱게 담는다

상상의 나래를 접다

영영 돌아올 수 없는 길
철이 바뀌면
후조는 돌아온다지만
긴 겨울이 지나면
초목은 생을 다시 찾는다지만
넌 불사조의 이단아
이젠,
너와 내가 만날 길은
단 한 길뿐
슬픔이 무엇이고
버림이 어떤 것인지
아련한 순간
달빛에 비친 내 모습이
탈선의 종지부를 찍는다
이 벅찬 가슴,
영원히 돌아오지 않으리라

현충일에 띄우는 편지

조국의 깃발이 펄럭이는 하늘 아래
임의 혼불은 물결치고
신록이 뒤덮는 산하엔
임의 심장이 지금도 뛰고 있다

임의 혼불로 지킨 땅
엄숙한 임의 영영 앞에
고개 숙여 다짐한다
난 자자손손 이 땅을 지키리라
조국이 죽으면 나도 죽는 거다
난 지금 살아 있다

임의 피가 돌고 맥박이 뛰는 한
임의 정신을 가슴에 품고
임이 물려준 이 땅을 영원히 보존하고 빛내리라

산(山)의 품에 안기다

마음이 멎고
정(情)이 움트는 숲
활활 타는 침묵
온몸에 배어드는 자연의 숨결이어라

숱한 생명이 잠든
사념의 심지에
오색의 현란을 승화시켜
사랑을 일깨우고
미움을 지우는 영겁의 품으로 돌아간다

닫힌 마음 열어 씻고
하늘 향해 학의 나래를 펴니
시야에 한 아름 안기는 희열
연륜의 정취가 흐를 즈음
임은 침묵의 품에 고이 잠든다

미래의 운김

시간과 공간의 조화
연속선상에
생명의 의지를 불태우는
하나의 미완의 작품은
완성된 작품을 위한 몸부림

공전의 무(無)에서
창조의 역사는
무한한 유(有)의 역사

평행선상에
의지의 푸른 꿈을 펼치는
불가능은 가능의 연속

무(無)와 유(有)
허(虛)와 실(實)의 착란을 열고
오늘과 내일을 잇는
치솟는 힘, 하늘을 찌른다

피와 땀의 얼룩진 열매
시공(時空) 선상에
하나에 탑을 쌓는 무명의 초석이 되리라

첫눈

잊어버린 시점에
흠뻑 배어든 사색의 노크
이 마음 이는 순백의 물결이여

설원의 꿈으로
부풀어 오른 가슴 안고
순수로 돌아가
새롭게 얼굴을 씻어 부빈다

하얗게 시린 가슴
여백 속에 흩어지고
회화적 낭만을 곱씹으며
흩날리다 핀 영상 하니 그려본다

눈꽃 핀 가슴
설레는 마음으로
백의의 천사 품에 안기게 하소서

2부

격동의 청년기

–70년 이후 80년 이전의 작품

석상(石像)

시공을 초월한 표정
묵묵히 흐르는 무아의 경지
그 속에 생명을 불어넣어
초연한 자태로 돌아가 흠모하리라

너른 품
무아의 경지
오고 간 숱한 무형의 문답
언젠가 숙연한 모습으로 돌아오리라

마음을 닦고
심지에 불을 댕기니
밝아오는 지척
너를 통하여 나를 아니
넌 나의 영원한 마음의 스승

마음 한쪽
내내 새겨두고 간직하고 싶다

창조의 눈빛

당신의 눈빛은
무엇을 찾으며
무엇을 바라며
무엇을 남기려 함인가

당신의 눈빛은
열정을 쏟아 부어
영혼을 남기고
행복을 찾는 요람이어라

당신의 눈빛은
소망을 키우고
쓰러진 삶을 소생시켜
보람이 영그는 생의 근원이어라

당신의 눈빛은
찬란한 아침햇살
어두운 밤하늘에 빛나는 별
정기를 뿜어내는 분수이어라

난 이런 당신의 눈빛을
늘 사랑하며
나에게 용기를 심어준 표상이되리라

눈이 내리던 날

처녀는
거울 앞에서
곱게 빗질을 합니다
신비스런 눈망울로
누가 볼까
조심스레 창밖을 봅니다

저 멀리
하얀 마음이
그리움에 젖어 속삭입니다
사슴아,
너는 왜
외로이 눈밭을 거닐고 있니

처녀는
신비스런 눈망울로
그에게로 다가갑니다
창 넘어
쌓인 눈을 살며시 쥐어봅니다
새삼스레 체온을 느끼며
사념의 나래 하늘로 날아갑니다

은빛 노을 속
사슴 한 마리
못내 마음에 걸려
보고 뒤돌아보고 또 봅니다

뿌리를 찾아서

어디서 와서
어디로 가는 걸까

마음으로 통하는 믿음
핏속에 흐르는 물림은
거센 비바람에도 쓰러지지 않는다

깊은 곳 깊은 물은
맑고 신선하여
생각은 깊고 푸르다
몸과 마음은 튼튼하고
맺는 열매는 언제나 옹골지다

뿌리가 얕으면
비바람에 쓰러질까
가뭄에 얼마나 버티어 줄까
바람 앞에 등불처럼 불안하기만 하다

뿌리를 찾자
억만년 아니 이 세상 다하도록
탐스런 열매가 풍성한
뿌리 그런 뿌리를 굳건히 내리자

너 자신에게

자화상으로 치닫는 허탈
합리화는 누구의 변명인가
살고 간 모습들
살아가는 모습들을 본다

위선 속에 방황하다
잊혀지겠지
허나, 영원한 안식처는 없는 게다
자신을 꾸짖고 매질하는
방랑자의 독백
어디쯤엔가 있을 참 나를 찾아간다

자위는 변명이 아니라
도약의 시발점
구차한 자존은 자신에 대한 증오이리라

어느 여인에게

아무도 보이지 않는 곳에
홀로 피어 자연의 모습
온몸에 간직한 여인이어라

아담한 키에
긴 목을 빼고
은하강에 신비를 고이 간직한 여인이어라

심산유곡 흐르는 물처럼
맑고 청순함이 심중에 고여 있고
비단결 같은 마음은 미소로 파문진다

세속에 물들지 않고
어설픈 감성에 동요되지 않으며
얄팍한 제스처에 흔들리지 않는
진실과 오묘한 생의 진미를 지녔어라

오해와 편견의 시류 속에서
굳건하게 간직하고 기른 심성
산중에 핀 꽃 중의 꽃이어라

도도하게 흐르는 물결
뉘, 이 여인의 참모습을
영원히 간직하며 함께하리오

꿈속의 여인

어젯밤 꿈속에서
당신은
매정한 날 원망했지
아픔 안고 홀로 걷던 날
가슴 메이도록
파문을 일으키곤 했지

세월이 가면 알 거라고
굳게 믿고 달려왔지
그날은 당신의 모든 게
나에게로 밀려오는 날이었어

온 세상을 부둥켜안고
새로운 출발을 하는 거야
홀로 가는 길에 다정한 벗처럼

가슴속에 담긴 진실만이
눈물로 몸과 마음을 씻고
꿈속의 그 임을 만나리라

날개 없는 새

저 파란 하늘
어디쯤인가 있을
내 작은 소망 하나

날개 없는 새는
날마다
저 하늘 어디쯤엔가를
우러르고 날고 싶어 퍼득인다

하 많은 날 동안
오직 일념으로
날개 돋기를 기도하며…

해변의 정취

하늘과 바다의 교차점
수평선 위로
잔 구름이 감싸 유영하고
품속에 잠든 대기(大器)는
선(線)의 예술이라 말한다

물보라가 리드미컬하게
부서져 여울지면
곱디고운 백사장에
태양은 뜨겁게 입맞춤을 한다
뭇 정취에 취한 가슴
뒤집어 놓고
모래성은 물거품 되어 스르륵 사라진다

진리의 원점
심신은 씻기고
사랑은 어제처럼 밀려만 간다
수평선 저 너머 그 임에게로…

상(像)

청잣빛 하늘을 학처럼 날아
이슬 같은 눈빛
미소로 번져오면
여백에 청옥을 수놓아
은하 강의 꿈을 간직하고
영근 마음으로 시월 들판을 달려간다

어둠이 걷히고 새 아침이 오면
창파에 배를 띄울 동반자여
창조의 광장에 여정을 풀고
비경에 잠든 자연을 일깨워
인생이란 술잔을 들며 삶을 배우자

언제부터인가 백지 위에
파랗게 번져와 여울지는
잔영(殘影)의 상(像)
언제까지 같이 있어 줄까

한밤의 영상 편지

어둠의 고요가 익어갈 무렵
어제와 오늘의 시간이 바뀌고
외로운 마음의 창을 노크하는
한밤의 영상 편지, 내 마음을 적신다

그대의 목소리는
심산유곡 흐르는 물처럼 맑고
사랑에 굶주린 가슴을 감싸
그리던 풋풋한 사랑이 흘러넘친다

별빛 속에 잠든 그대
백합처럼 삶의 향기가 넘쳐
이슬 먹은 들국화처럼 청초하고
태양을 끌어안은 장미처럼 피어오른다

별이 빛나는 밤 상상의 길목에
그리움의 적막 벗고 아픔으로 피어난다
별밤 너머 그대 모습 그리다
도도히 흐르는 고독에 못내 잠 못 이룬다

어느 봄날의 편지

심산유곡 잔설이 녹아내려
시린 가슴 적시고
사랑의 연습 꽃망울로 맺는다

바람결은 중심을 날리고
먼 남쪽 하늘 물들이고
연분홍 꽃이 사뿐히 실려온다

봄바람에 꽃은 피고
고요한 호수에 파문이 일면
고목에도 사랑의 동심이 핀다

봄이 오는 길목
꿈과 현실의 교차로에서
이 계절의 부름에 한걸음 어른이 된다

자연의 향기

당신의 마음은
아픔을 녹여내는 햇살
아침이슬에 승화된 한 송이 꽃

당신의 모습은
꿈속에서 본 천사
그리워하는 마음은
꽃향기에 취한 벌, 나비

그대 품에 시심(詩心)을 묻고
자연의 숨결 속으로 훨훨 난다
싹트고 자라고 꽃피우고 영그는
순결한 한 생명의 흐름을 본다

생명의 소리를 찾아서

생명의 정감이 흐르는 선율
분홍빛 감성의 융화를 타고
동화된 동반자의 랑데부는 시작된다

나를 떠난 사념의 나래 속에
체험과 동경이 공감으로 흘러
내 마음의 고향에 정박한다

가슴 에이는 아픔과
본연의 마음이 읊조린
이상과 현실의 교차로에서
무한한 가능성의 미래를 본다

잠든 지난날을 벗어던지고
하얀 마음의 여백 속에
새로운 이정표를 심는다

구월의 표정

시들해진 더위
한낮엔
아직,
따가운 햇볕이 볼을 쏜다

드높게 확 트인 하늘
소슬한 바람의 맛
감성을 태우는 풀벌레 소리
이 모두,
새로운 입김으로 살맛 돋군다

살그머니 다가온
변화의 물결 상상의 나래,
무지개 피고
이 가슴 벅차오르는 몸짓
나의 바램처럼 무르익어 줄까

상춘 길

도심 속 계절의 무딘 감각
빌딩 넘어 산허리에 걸려있고
볕 내리는 감촉 새삼스레 봄을 줍는다

움츠렸든 가슴에 살며시 다가와
하얗게 부서지는 고향의 봄
산과 들 시냇가의 추억이 아른거린다

흙 내음 마시고 버들피리 불며
봄을 맞던 시절
번득 깨어나 만지고 싶은 회억들
이 향수, 도시의 상춘을 달랜다

눈빛

마음을 읽는다
생각을 본다
정을 느낀다

거울에 비친
마음의 뜰
바램의 눈빛
내일로 가는 등불

파도는 밀려와 부서지고
때 묻은 손
찌든 마음 씻고
늘 밝게 빛나고 있다

시샘의 망울빛
환하게 돌아오면
마음이 토하는 길목에
진실이 넘쳐흐른다

오월의 숲으로 가다

파란 마음,
창공을 떠돌다
따사로운 볕에
삶의 샘이 용솟음친다

별빛 설렘 마시고
마음속으로 밀려드는 일념

내일의 꿈을 담고
기쁨과 사랑이 뿌리내린다

맑고 신선함은
무궁한 미래의 희망
오월의 싱싱한 입김이다

연둣빛 꿈이 피어오르는
마음 끄는 오월의 손짓
난 한시름 접고 오월의 숲으로 갔다

흘러간다는 것

낮과 밤이 강물처럼 흐르는데
풀잎에 맺힌 이슬은 어디로 가나

무아 속에 잠든 삼라만상의 조화
파문을 일으키고
내 품 안에서 가슴앓이한다

고독의 사변은
다시 고독 안에 흔들리고
여정의 열차는
종착역이 어딘지 달려만 간다

표독스런 고요가 걷히고

안개 쓸어간 아침
해는 붉게 타오르는데
분수처럼 솟는 정념은
온 대지를 적신다

사랑은 덫에 걸려
꽃처럼 피어난다
언젠가는 시들어
물처럼 바다로 흘러가겠지

잔영은 희미해져도
내일을 열고
낮과 밤은 영원히 흐를 게다

향학로의 구월

웅어리진 배움의 사자들이
짐짝처럼 실려와
물밀듯 몰려드는 공릉골
발걸음도 바삐 저녁 성시를 이룬다

활짝 트인
싱그러운 교정에 안기니
속세를 잊은 듯
짜증스런 시달림도
가벼운 발걸음으로 총총히 사라진다

축제의 물결 속에
9월의 캠퍼스는 더욱 무르익고
향학로 변 수목들은
풍요로운 결실을 노래한다

나뭇잎 여미는 바람결에
어둠은 조용히 내려앉고
멀리 인수봉 이마 자락은
석양에 앙금져 사라진다

저-
눈빛 초롱초롱한
사자들의 숨 가쁜 몸놀림은
밤 가는 줄 모르는데
향학로 불빛은
풀벌레 소리에 잠들고
배움의 섬광들이
내일의 바다로 강물처럼 흐른다

삶의 사색

(1)

현실에 괴리되어
머나먼 다른 세상에 있는 넌
이 애타는 마음을 알까
잡히지 않고 볼 수도 없는 넌
별처럼 나타났다 안개처럼 사라진다
사막의 신기루처럼
마음 안에 있을 너를 불러 본다

(2)

살며 삶의 의미 찾아
오늘도 사유하고 내일 또 갈구할 게다
언제나 이슬처럼 사라지는 넌
보이지도 잡히지도 않는 신기루
저 하늘 어디쯤엔가 있을지
어쩌면,
내 마음속에 있을지도 모르는 넌
무언의 번민을 던져주고 사라진다
너에 멍에를 영영 벗지 못할까 두렵다

눈밭에 앉아

하늘 가 잿빛 놀 몰고 오면
참한 바람이 살며시 포옹을 하고
무거운 침묵에 빨려
가슴을 열면
임은 설렘 뿌리며 시나브로 다가온다

물기 젖은 촉촉한 나목의 얼굴에
솜털 같은 입맞춤을 퍼부어 눈꽃을 피우면
하얗게 시간은 멈추어 잠든다

순백의 한 마당
축제에 취하면
형형색색 옷을 벗고
여백에 작은 소망 하나 그려 담는다
네가 없는 겨울은 상상하기조차 싫다

봄이 오는 소리

싸늘한 바람이
볕 물고 늘어진 오후,
보슬비가 소리 없이 내린다
그늘 밑 잔설은 녹아내리고
땅 거죽이 질척대며 꼼지락거린다

계곡의 빙폭은 바람 들어
몸을 삭혀 주저앉고
얼음장 구들은
꾸르륵 목청을 가다듬는데
버들가지 꽃망울 탱글탱글 미소 짓는다

볕 빠는 손길에
파릇한 싹, 아장아장 걸어오고
오랜 침묵을 깨고 빗장 여는 소리
임이 오시는 반가운 발걸음 소리인가

서리꽃 피던 자리
정을 담은 따스한 햇볕이 보듬고
응달에 서린 묵은 때를 씻어 걸어두니
새물내 풍기며 임은 꽃가마 타고 오시나 보다

시심(詩心)

꽉 차면 안정
넘치면 허욕
비어있으면 허전하다

하지만,
꿈은 빈 공간에 머물며
산은 정상에 오르면 내려와야 하고
물은 낮은 곳으로만 흐르더라

비운 대나무 바람에 부러지지 않고
시각은 부족하거나 넘침이 없으니
시간의 영속은 더불어 사는 이치라 한다

하늘, 땅, 사람이 어우러져
시심이 여백 속에 여물어 머물면
비운 마음
하늘, 땅, 사람이 사랑으로 숨 쉬더라

울산바위 등정기

설악동 신흥사를 돌아
돌부리에 차이며
물소리 새소리 벗 삼아
오르기를 얼마이든가
눈 맞춘 바위 하나 넘어질 듯 서 있고
돌에 새긴 흔적들은
부질없는 욕심이라 하는데
계조암 염불 소리
낙엽 지듯 무상하기만 하여라

고통 이고 백팔번뇌 계단 오르니
구슬땀에 숨이 차고 오금이 저려오는데
만고 형상의 군상들이 다가와 안겨
잠시 넋을 잃고 말았다
헌데, 하산 길을 생각하니 막막하여라

절벽 바위틈새를 돌아
비집고 오르기를 몇 번
드디어 하늘이 열리고
확 트인 동해가 수평선을 달고 온다
흥건하게 젖은 땀도 어느새 사라지고
으스스 단내 느낄 즘
물 한 컵 들고 명상에 잠기니
신선이 된 착각에
동해 바다가 가물가물 내 품에 안겨 온다

통일의 그날

칠흑의 밤도 때가 되면
동트는 새벽이 오고
여명은 아침을 예고하듯
통일의 그날은 밝아 오리라

반세기를 훌쩍 넘겨
이어온 긴 밤
피눈물에 목도 마른 지 오래다
피는 물보다 진하듯
우리의 소망은
이제, 하늘에 닿아
더 오를 곳도 없다

벽은 벽을 쌓아
깊어진 앙금
철옹성의 벽도 마음 안의 벽인 것을
빗장 건 문 활짝 열고
우리 같은 하늘 마음껏 누려보자

허상은 역사 속에
묻어 지워버리고
참회와 용서로 모두 잊고 마셔
해오름의 아침을 맞이하자
동해에 솟는 해,
벅찬 가슴으로 얼싸안아 보자

밤섬

마포나루와 여의도 사이
위 섬 아래 섬
다정히 마주 보고 앉아 있다

물가 모래톱에
자라는 탯자리에 들고
철새들도 제 집처럼 아예 눌러 앉는다

원앙은 짝을 지어
물 위를 다정히 유영하고
고방오리 새끼들은 어미 따라 소풍 나선다

여의도 빌딩 너머
노을이 깔리고
청둥오리 군무 하늘을 수놓아 곱다
밤섬의 숨결,
도심의 노을 속에 고이 잠든다

유월의 태양이 식어질 때

처음 눈빛 꽂혀
수렁에 빠진 발목
몸부림칠수록 깊어지는
고혹한 그리움이어라

날이 밝으면
먼발치로 보고
어두워지면
꿈속에서나 그려 보는
해와 달의 숨바꼭질 같은 사랑

유월 태양이 점점 식어지면
가을이 오고, 돌아앉는 바람
그게 네 본래의 모습이더라

밀물 썰물같은 사랑이라면
가슴에 맺히는 상흔
환상의 장미꽃은 피우지 않으리라

아침고요수목원

축령산자락 마루
구름 몇 장 지나가고
말끔히 미소 띤 파란 하늘
보이는 건 산과 하늘,
수목들의 대화뿐
사람과 자동차들이
이방인의 정복자처럼 부끄럽다

연둣빛 덧칠하는
오월의 아침
물안개 능선에 걸쳐
계곡 따라 수놓고
마치 정적이 이런 거라고
뻐꾹새 소리,
아침고요를 일깨운다

반짝이는 햇살이
물안개를 살며시 걷어내니
아침이슬 터는 향기
상큼한데,
수목들의 숲 나라엔
계곡 물소리 연주가 그칠 날 없고
풀, 나무 정을 나누는 곳엔
마음껏 꿈을 펼쳐 꽃을 피운다

아카시아꽃

아마,
이맘때쯤이면
창문을 열어둘 거라고 어찌 알고
슬그머니 찾아와 코 끝을 간질이는가

그렇다고,
온 동네 소문내며 올 건 뭐람
늘 그랬지만 어스름한 달밤
그리움이 도져 버선발로 달려왔다나

어쩌면,
오래들 밖 청보리밭에 두고 온
설익은 첫사랑이 도져 찾아왔다나

치렁치렁한 아카시아꽃 타래
훑어 먹던 추억이 그리워
기별도 없이 찾아왔다나

이 사람아
예나 지금이나 센티하긴
아카시아향기 그윽한 창가에서
그때를 반추하며
오늘도 너에 변함없는 향기에 취해본다

지게

사랑채 헛간에 유물처럼 청승맞게 벽에 기대고 서 있는 지게, 흘러간 지난 세월을 반추하게 한다 지게를 져본 사람은 안다 그 일이 얼마나 힘들고 고통스러운지를, 평생 벗지 못할 아버지란 지게, 대를 이어 논밭을 갈아온 황소의 멍에 자국처럼 두 어깨에 굳은살이 백여 닳고 닳아 윤기가 흐른다 지게는 지난 시대의 유물이요 멍에다 어찌 보면 우리 시대에 종지부를 찍고 싶은 유물이다 헛간을 지키고 서 있는 지게, 먼 옛날 얘기를 쏟아 놓는다 지게는 새삼 배곯고 헐벗은 지난 멍에 자국처럼 가슴에 안긴다 하지만 지금도, 아버지란 멍에는 벗기 힘든 유산인 게다

감나무의 선택

뜰 안 구석에 덩그러니 서 있는 감나무, 한 팔은 담 넘어 길가에 늘어트리고 한 팔은 뜰 안에 그늘을 드리워 놓았다 한여름 불볕더위를 이겨 내느라 반지르르 짙푸른 잎은 우주의 꿈을 수신하는 안테나, 풋내 나는 열매를 키우느라 가지는 굽고 휘어 구부정하다 오늘 아침에 일어나 보니 어린 풋감이 여기저기 떨어져 나뒹군다 모질게 탯줄을 끊어버린 떨 켜가 하얗게 가슴 저민다 아마, 모두 먹이고 키우기엔 버거웠나 보다 어린 생명을 솎아낸다는 건 가슴 아픈 일이다 그게, 삶의 경쟁에서 터득한 처방일지 모르지만 그 속엔 팽팽한 긴장감이 감돈다 당신의 선택이 옳았을까 땀내 나는 여름이 가고 가을이 오면 알 거라고 감나무는 의미심장한 눈빛을 떨구고 있다

입고 있는 옷

마음에 들고 몸에 맞는 옷을 입고 큰길을 활보해 본 적 있나 남의 옷 걸치고 지금까지 살아오지는 않았는지, 나무는 자기만의 무늬로 푸르게 살다 색깔이 빛바래면 미련 없이 벗어 던진다 은행나무, 감나무가 그랬다 나는 내 옷도 없으면서 불편한 옷을 쉽게 벗어 던질 줄 모르고 살아왔는지 모른다 살기 위해 남의 옷 걸치고 나를 잊고 산 껍데기 아닐는지, 태어나면서부터 빌려 입고 얹혀살고 있는 건 아닌지, 달은 둥글던 반쪽이던 자신의 길을 가고, 밤하늘에 수많은 별들도 남의 옷 입고 있는 별 없더라 마음에 들고 몸에 맞는 옷만 입고 살기란 쉬운 일은 아니지만 그런 옷 벗어 던질 용기도 없다 내 옷을 바르게 입고 살다 때가 되면 비록 시류에 쓸려 벗어던진다 한들 어떠하리, 저기 당당히 서 있는 겨울나목, 진통은 겪어본 사람만이 안다며 내게 살며시 다가와 말문 연다

3부

장년기 보람찬 삶의 꿈을 찾아서

–80년 초에서 2000년 이전 작품

봄은 누구의 소유인가

봄이 살며시 내 곁에 다가오고 있다
소맷자락 파고드는 실바람, 내 가슴을 어루만지는 은밀한 손길을 어찌 뿌리칠까 매화, 목련, 벚, 진달래, 개나리 꽃망울 몽실몽실 부풀어 오르면 봄을 시샘하는 살얼음도 사르르 녹아내리고 산하엔 새싹이 돋고 물오른 꽃망울 보란 듯 터트린다 기다리던 임이 오시려나, 커튼을 거두고 창문을 여니 따스한 볕이 스며들어 시린 가슴을 보듬는다 사랑이 세상을 바꾸듯 봄은 정녕 우리 곁에 다가오고 있다 상고대 서리꽃 진자리 꽃망울 터트리며 봄은 오고 있는 게다 기다린 임의 소식에 나는 무엇을 하고 어떤 답신을 보낼까 내 곁에 살며시 언 가슴 풀고 다가오고 있는 이 봄은 정녕 누구의 소유인가

삶의 향기를 찾아서

목련 벚꽃이 시샘에 진지
아직도 눈에 선한데
기별도 없이 휘감기는 라일락 향기
담장을 허물고 마른 가슴을 적신다

눈을 사로잡던 설렘은
아쉬움만 남긴 채
알싸한 잔영 더듬는 저녁
향기에 취해 닫힌 문 활짝 연다

어느새 이제는
귀를 기울일 차례인가
가슴으로 파고드는 바람결
마음이 흔들리고 심장이 뛴다

감각으로 보고 느낀 죄
이제는 청각 열어 들어보라 한다
어느덧 내 발걸음은 연둣빛 살 붙어
사랑을 나누고 둥지 트는 숲으로 갔다

풀 향기

햇살을 먼발치로 깔아 놓고
이슬 서린 풀밭을 말리는 아침
풀을 깎은 기계 소리
풀 북데기 날리며 정적을 깨고 다가온다

깊어진 이 가을
옥양목 천에 풀을 먹여 걸어 놓은 듯
풀 내음이 새물내처럼 코끝을 간질인다

가을을 쪄내듯
저녁노을 타고 번지는 이 풀 향기
티 없이 맑은 가을의 뒷모습이 가슴을 적신다

꽃이 좋은 이유

길을 가다가
이름 모를 꽃에 끌려 마음에 담아본다

너에게 다가간 이유는 무엇일까
변함없는 아름다움에 끌려서
은근히 풍기는 향기의 매력 때문에
잡아끄는 설렘의 속삭임이 있어서…

그래,
뵈는 아름다움, 풍기는 향기
울림의 소리를 느낄 수 있어
난 네 곁에 있다는 게 행복하다

눈, 코, 귀 열고 살지만
귀만은 닫고 살라 한다
꽃이 말하기를,
듣는 건 네 몫이라 한다
늘 좋은 소리만 들을 수 있을까
하지만,
꽃처럼 보이고 풍기면 살맛 난다

오월이가 왔다고

노을빛도 고운데
잊지 않고 찾아준 오월아
너의 초록 민낯을 보니
연륜의 무상함이 가슴 적시는구나

너의 결속에 들면
청춘이 다시 돌아온 듯
싱그럽고 생기가 돈다
마치, 고목에 피는 새잎처럼

산에 들에 푸름의 결
내일로만 가는구나
푸른 선물 이리 반가울까
초목이 푸르러지니 나도 푸르러진다

내 품에 한번 안겨보렴
푸른 물 뚝뚝, 열정이 솟는다
마음은 멀리 있어도
푸르름 안고 보란 듯 살아보자

봄꽃 천사

산에 들에 다투어 꽃이 핀다
반가운 소식 마중 가세나

이웃 담장 넘어 백옥 목련
자드락길 옆 노란 미소 개나리
실개천 길 가 하얀 미소 벚
동산에 수놓은 꽃 진달래

이 모두 풍김은 다른데
곱고 예쁘고 아름답다
하지만, 그 속은 볼 수 없구나

당신은 지금
무슨 생각 무슨 꿈을 꾸십니까
봄이 물들어 손을 잡는 길목에서…

진달래

엊그제,
북한산 자드락길 섶
다소곳 볕 빨고 있는 임을 보았오

꽃은 피고 지고 세월은 흘렀어도
그임은 옛 모습 그대로였오
지금도 꾸밈없는 한 떨기 순수였오

꿈속에 잠든 단발머리 소녀
추억여행을 떠나온 반가움에
꽃잎을 잘근히 곱씹어 본다

예나 지금이나
변함없는 그 모습
뒤로하고 돌아서 오려니
쌓인 정이 무언지 묻는다
진달래꽃 언제까지 내 맘속에 피고 질까

얼굴

오늘 아침
창문에 어린 낯을 보니
지난밤 좋은 꿈이라도 꾸었나
얼굴빛이 유난히도 맑고 밝다

살며,
흐리고 갠 날 있지만
오늘 아침,
당신의 낯빛은 너무 맑아 보인다

살며 아침은 또 올 것이고
오늘처럼 맑음만 볼 수는 없겠지
맑고 흐림은 무슨 연유가 있을 테니

기쁨, 슬픔도 하늘의 뜻이리
창을 열고 볼 수 있는 날까지
그 뜻 사유하고 보듬어 함께하리다

삶의 여정,
흐리든 맑든
쌓인 정 어찌 하랴
마음의 창을 열고 모두 담아두리라

눈이 내린다

북한산 자드락길에
함박눈이 펑펑 쏟아진다
살며 오랜만에 맞이하는 눈
나도 모르게 새로운 낭만을 맛본다

눈 세례 받은 적 언제이던가
하늘은 온통 눈송이
길섶 수목에는 눈꽃이 피고
하나 같이 세상은 흰옷으로 갈아입는다

하얀 세상이 한눈에 안겨 오고
자드락길에 남긴 흔적은 지워지고
손발은 시린데 마음만은 푸근하다
이런 운치 놓칠세라
카메라에 담고 또 담는다

미끄러질까 두려움도 잊고
사람들의 발길은 상기되어 가볍다
그리도 하얀 세상이 그리웠나 보다
오늘 이 순간은 하늘이 내린 선물
추억의 한 페이지에 고이 간직하리라

미틈달

가을과 겨울 틈새 11월
저녁노을이 밤을 열고 오듯
미틈달은 겨울을 열고 온다

가을의 뒷모습은 애잔하지만
비워야 내일을 준비할 수 있다
잎, 열매 모두 내려놓은 미틈달
담 넘어 우듬지에 달린 홍시가
빈자리에 들고 눈 맞춤 한다

가랑잎 밟으며 걷는 길,
천명의 소리가 들린다
하늘이 준 연의 고리
가을은 영원할 수 없고
겨울은 그냥 오는 게 아니라 한다
새로운 준비의 달 미틈달
네가 있어 봄을 맞고 내일이란 미래가 있다

입동의 얼굴

석별의 눈물인가
정든 잎의 고별사일까
어제의 모습은 이울고
유리창엔 성에가 슬어
싸늘하게 눈 앞을 가린다

간밤에 무슨 일이 있었나
연륜은 세월을 벗지 못하듯
가을은 겨울을 이길 수 없다

식탁 앞 벽에 걸린 달력
어제가 바로 입동이라 한다
낙엽은 추적이는 비에 젖어
체념한 듯 매정하게 돌아선다

발길에 차이고 밟히던 잎
바스락거림도 멈추고
비바람에 숨소리도 멈추었다

포용의 매듭인지
재회를 위한 출발인지
처음으로 돌아가 다시 배운다
가을이 마음에 상처를 남길지라도
모두 묻고 잊고 가라 한다
곧 하얀 세상 열고 올 테니…

한 알이 되어

너처럼 어느 골짝 후미진 곳
눈에 밟힌 한 알의 열매
갈빛 후광 없고
하늘의 뜻 받아들여
올차게 익어지면 좋으련만

맛 슬은 네가 너무 보기 좋다

모태의 칼바람 서리꽃은
먼 옛이야기
꽃샘추위에 피운 꽃 언제이던가
지난 훙건한 땀 냄새가 그리워진다

어느덧,
파란 하늘을 품어 익은 열매
시월이 가기 전에
마지막 밤을 불태운다

연륜의 발에 얽힌 연,
잠 못 드는 밤
한 알의 능금처럼 만추를 맞이하리라

이 가을이 다 가기 전에
너를 닮은 한 알의 혼불
가슴에 묻고 쌓인 정은 두고 가리라

사유의 쉼터

뒷동산 사유의 쉼터에
숲이 불러 갔더니
매미들의 콘서트, 고요를 울린다

더위를 식히는 손님들이
정자에 앉아
오순도순 세상을 낚고 있는데
하늘은 금세
소낙비라도 퍼부을 기세다

마냥 여유롭고 짙푸른 숲
고뇌의 사유를 탓하듯
구름은 유유히 하늘을 유영하고
하늘 저편
쌍무지개가 피어오른다

늘어진 오후
정적을 깨는 매미 소리
설익은 시간 꿰어 총총히 걸어간다

땡볕 콩밭에 두고 온
추억이 되살아나
마파람은 이 마음을 휘젓고 가고

사유의 쉼터에는
상념이 무르익어
그리움으로 활활 타오른다

낙엽

너 언제 고독을 씹어 봤느냐
넌 노을 속을 방황 하는 에트랑제

낙엽이 진다
무아로 접어드는 순리를 본다
고운 자태, 눈물도 멈춘 순간이다

바람은 나의 다정한 친구
고요는 체념의 고백
낙엽 진 오솔길은 내려놓아 홀가분하다

세상이 녹아 용해된 길이기에

낙엽에게 물어본다
답은 언제나
당신의 마음이요 낙엽이란 재연이었다

주왕산 계곡

지금껏 마음속으로만 그리던 주왕산, 오늘 만남에 가슴 설렌다 나에게 주어진 시간은 겨우 한 시간 남짓, 눈앞에 펼쳐진 기암괴석이 시선을 압도한다 마음은 앞서는데 깊숙이 빠져들수록 신비의 매력에 빠져든다 계곡 물소리 새소리 가도 가도 끝이 없는 길, 조급한 마음도 잊어버린 채 마력에 푹 빠져들었다 시간 가는 줄 모른 채 계곡길을 따라가다 보니 마지막 폭포에 안길쯤, 난 이미 너무 멀리 깊숙이 빠져든 것을 직감했다 임의 품에 안겨 잠시 넋을 놓고 있을 즘, 약속된 시간이 떠오르고 당혹감에 나는 인제 그만 돌아가야만 해, 언제 다시 또 만날지 기약도 없이 설렘과 감동의 품을 뒤로한 채 난 뛰다시피 발걸음을 재촉했다 약속된 짓눌림의 시간을 벗어나는 순간, 폰 벨소리가 울리고 저 앞에 나를 태우고 갈 버스가 빵빵거리며 날 기다리고 있었다 주왕산 계곡길 매력에 취해 내가 오늘 너무 오버를 한 거다 미안하이, 그 죄는 내 가슴 설레게 한 너의 품격 매력 때문이었으리라

칠월의 길목

푸른 물
치렁치렁한 칠월은
태양의 숨소리가 뜨겁다
땀내 물씬한 산하,
열꽃이 핀다

칠월의 푸른 결기
오직,
내일로 달리고
그 유혹은 볼수록 열정이 솟는다

칠월의 길목에
푸른 꿈에 부푼 그들
내일이 있어 더욱 뜨겁다
칠월,
당당한 내일을 맞이하리라

자정(自淨)

시간 앞에
하늘은 높고 땅은 넓어라
물은 흐르며 자정하고
구름은 떠돌아 순수로 간다

끝없이 자정 한다
물처럼 구름 같이
이 순수의 결은
시간을 먹고 자애로 다시 피어난다

본향은 늘
바람 부나 눈비 오나
홀로 선 야생화처럼
자신 안에 수신으로 핀다

구름은 순수로 태어나고
물은 모두를 품고 자정의 길로
큰물 되어 바다로 간다

향기

오늘 그 집 앞을 지나노라니
그윽한 향기가 다가와 안긴다
보는 즐거움, 목련 벚은 떠나고
향기로운 체취로 마음 끄는 라일락

진정한 삶의 향기는 무엇일까
스스로에게 묻는다
너처럼 향기롭다면 얼마나 좋을까

살며 향기 풍기는 날 얼마나 될까
노을 곱게 물들 무렵
삶의 멋, 향기로 말하는 임

내 삶에 향기
보여줄 수는 없지만
담장 넘어 풍기는 임의 향기처럼
당신의 마음을 사로잡고 싶다

유리창에 성에가 끼는 날에는

성에가 유리창을 시리게 도배질 하던 날, 난 흑백사진 속 추억을 더듬으며 여름내 정든 잎을 한 잎 한 잎 내려놓고 있었다 바람이 연민의 자락을 붙잡는데 햇살은 한 뼘 남은 사랑을 창가에 내려놓고 간다 그는 무슨 말을 하는지 허연 숨 꼬리를 남긴 채 낙엽 진 길을 뒤도 돌아보지 않고 떠나버렸다 아직, 햇살이 머물러 주는 창가, 국화꽃이 운김을 끌어안는다 어젯밤에 찾아온 무서리는 어찌나 매서운지 남은 온기마저 앗아간다 나목은 결기 품고 먼 남쪽 하늘을 바라보며 한마디 남긴다 "진통을 겪어봐야 비로서 나 자신을 안다"고

물안개 걸친 예봉산을 가다

며칠 전,
꽃 시샘하던 삼월이는 가고
연민 띄운 꽃님이 보고 싶어
아리수* 길옆 예봉산을 찾아갔다

물안개 속
앞 사람만 보고 오르는데
연무가 옷자락을 적시고
방울꽃 맺혀 또르르 구른다

물안개 벗는 숲
잠들었던 수목들이 깨어나
반갑게 눈 맞추고
어디선가 바람 한 줌 나타나
시야를 트니
계곡, 능선이 한 폭의 그림처럼
마음껏 비경의 아름다움을 뽐낸다

산수유 노란 점등 숲을 밝히고
진달래꽃 환하게 미소 짓는다
계곡물소리에 취할 즘
저기, 아리수는 유유히 흘러가고
봄은 정녕,
안개 벗고 살포시 내 곁으로 오시더이다

*아리수 : 한강의 옛 이름

한겨울의 독백

찬바람 한 모금
자리에 누우니
그리움 두 모금
천정에 걸려있다

찬바람 한 다발
문풍지 울리고
그리움 두 다발
가슴 설렌다

찬바람 줄줄이 돌아갈 줄 모르는데

하루해 접는 숨은 눈물
마음의 창을 적시고
허공에 쏟아지는 고독,
창문 밖에 걸린 달님은
외로움의 덫이런가

사랑 한 모금 마시고 누우니
찬바람 사알짝 구름 속에 숨어버린다

두근거림병

먼 산을 물끄러미 바라보고 있노라면 가끔 눈시울이 갈쌍해질 때가 있다 아마, 그리움이 능선 넘어 어딘가에 있기 때문이리라 그리움이 처음이란 최면을 걸어오면 설렘은 두근거림병으로 도진다 짝사랑, 첫사랑이란 두근거림 병을 거치면서 그 병이 치유된 줄만 알았는데 새로운 두근거림 병이 기다리고 있었다 등산을 해 본 사람은 안다 새로운 산을 오르내릴 때마다 늘 호기심에 빠져 두근거림병이 찾아든다 처음 해외 여행길 비행기에 오를 때도 그랬다 처음이란 늘 두근거림병을 달고 오고 때론 머뭇거리거나 덤벙거려 당혹감에 벌렁거릴 때도 있지만 처음은 늘 신선한 채소 생선처럼 향기롭고 신선하다 헌데, 언제까지 두근거림병에 도전할 수 있을까 두근거림 병 사라지는 날 난 무엇으로 살까 늘 신선한 새로움 따다가 당신에게 안겨 주고 싶다

벼의 삶과 흔적

(1)

벼는 이른 봄에 싹을 틔워
못자리에 뿌려 키우면 모가 되고
모는 새로운 삶터에 옮겨 심으면
그곳에서 뿌리내려 한 생을 보낸다
한여름 지나 가을이 오면
나락은 익어 고개 숙인다
벼의 낱알은 백성들의 양식이 되고
볏짚은 쓰임새에 따라 다양하게 이용된다
비록 몇 달을 산다 한들
너처럼 일용할 양식과
흔적을 남길 수 있다면 무엇이 부러우랴

(2)

벼를 방앗간에서 찧으면
알맹이는 쌀이 되고
껍데기는 왕겨와 겨가 된다
쌀은 씻어 밥을 짓고
씻은 물은 숭늉이 되고 가축의 먹이가 된다
왕겨는 베갯속, 땔감으로도 쓰이며
그 재는 텃밭의 거름이 된다
또한 겨는 가축의 사료가 되니 버릴 게 하나도 없다

(3)

볏짚은 소에게 여물이 되고
가축우리에 넣어주면 거름이 된다
아궁이에 태우면 땔감이 되고
또 그 재는 거름이 된다
볏짚은 새끼줄도 꼬고
가마니, 멍석, 소쿠리, 짚신으로 변신한다
볏짚을 이엉으로 엮으면 초가지붕이 되고
황토와 섞어 짓이겨 찍어내면 벽돌이 되고
벽에 바르면 황토벽이 된다

온 천지에 너의 혼이 살아 숨 쉬니
무엇 하나 버릴 게 하나도 없다
그런 너를 흠모하며
내 삶도 너를 닮았으면 얼마나 좋을까

-벼가 살아온 역사를 더듬어본다

짐

사람들이 저마다의 짐을 지고 어디인가로 가고 있다 누구의 짐이 더 버거운지는 정확히 알 수는 없지만 자신의 짐이 더 무겁다고 느끼면서 힘겹게 가고 있다 모두 출발점은 있지만 종착역은 불확실하다 똑같은 짐이라도 어떤 사람은 늘 힘들다고 여기며 신고 간다 그 짐을 풀어보면 크고 작고 많고 적음이 있을 텐데, 모두 힘들다고만 생각하며 지고 간다 그래도 짐을 덜어버릴 줄 모르고 더 신고 싶은 욕심뿐이다 나 또한 힘들고 어렵다고 투덜거리며 오늘도 버겁고 고달픈 짐을 지고 가고 있지 않은가 종착역이 어디인지 그곳엔 무엇이 기다리고 있는지 알 수 없는 길을 시간 따라 앞으로만 버겁게 가고 있다 헌데, 짐 벗는 날 세상은 내 것이 아니리라

추상화 속에 피는 꽃

상상 속에 피는 꽃
그리움만큼 설렘도 크다
미지의 공간,
채워지지 않는 여백
온갖 꽃이 피고 지고 벌 나비가 찾아든다

추상화 속
향기 슬어 미소 짓는 꽃
말은 없어도 그 뜻을 알 수 있다

눈빛만 보아도
마음이 닿아 교감하고
혼불 태워 나눌 수 있다면
당신은 추상화 속에 피는 한 떨기 꽃입니다

행복이 머무는 곳

행복이란
쉽게 정의를 내릴 수 없지만
행복의 입맛은 사람마다 다르다

행복이란
어떤 씨앗을 심고 가꾸며
꽃을 피우고 열매를 맺게 할까
알 것 같지만 손에 잡히지 않고
행동으로 보이기엔 더욱 쉽지 않다

행복이란
가까이에 있다지만
늘 멀게만 느껴지고
손에 잡히지도 보이지도 않는다

행복이란
오로지 느낌으로 전해질 뿐
얼마만큼 인지 헤아리기 힘들고
셀 수도 가늠할 수도 없다

행복이란
그저, 좋아하는 일에 묻히고
사랑을 베풀고 믿음으로 안아주면
행복은 그 안에 머문다지오

행복은 마음으로 통하고
느낌으로 말할 뿐
일에 파묻혀 행복했고
사랑을 주고받을 수 있어 행복한 게다

겨울 산을 오르는 이유

마음이 아프고 시린 날에는
산을 찾아갑니다
그곳엔
더 아프고 시림이 있어서입니다

겨울 산은 푸르지 않습니다
꽃도 피지 않고
붉게 물드는 잎도 볼 수 없습니다
단지,
그런 꿈이 있는 수신(修身)일 뿐입니다

푸르고 꽃피고 물드는 꿈
참고 기다리는 극기의 시련입니다

나의 이 아프고 시린 겨울
뭬, 두려울까
난 오늘도 겨울 산을 찾아 오릅니다

너에게서 느끼는 작은 행복

햇살이 바람을 보듬던 날
한 두어 평 텃밭에
고추 오이 가지를 심었지

떡잎 벗고 무럭무럭 자라
넘어질까 지주를 세워주고
날마다 알뜰히 보살펴 주었지

작은 사랑의 손길이 쌓여
꽃피고 열매 맺는 기쁨은
너에게서 얻은 소중한 과실이었지

혼자서는 느낄 수 없는 성취감을
가르쳐 준 조그마한 텃밭
너에게서 얻은 작은 행복이었다

기억상실증

가슴을 도려내고
뼈를 깎는 아픔,
머릿속을 후벼 돌다
터져버린 연민
톱니바퀴는 겉돌다
무중력 상태에 빠진다

과거 현재 미래를 오가는
상상의 나래였던가
기억이 증발되어버린 자리에
실성한 언어가 맴돈다

앗아간 기억들이
어른거리는
혼 빠진 텅 빈 들판에
추적추적 비가 내린다

물이 흘러 바다로 가듯
하늘로 증발해버린 영혼
바다는 고향이고 무덤인가
하얀 앙금의 혼
가슴에 소금처럼 앙금진다

물이 흘러 바다로 가고
몸은 부서져 하늘로 날아가
영혼은 소금이 된다
하늘과 바다 사이 기억상실증 같은 다리가 있나 보다

태극기 앞에서

우리가 태어나고
우리의 아들딸들이 태어나
하늘의 뜻 섬기며 사는 땅
한겨레 대한민국

동해에 솟는 해가 길을 열고
백두산 정기 뻗어 금수강산
태극의 숨결 이룬 산하
이 젊음 불태워 영원하리라

오! 필승 코리아
뜨겁게 천지를 흔들고
태극기 앞에 애국가가 울려 퍼지면
벅찬 가슴으로 서로를 끌어안았지

하늘 향해 펄럭이는 태극기 앞에
가슴에 손을 얹고 다짐하고 염원했지
꺼지지 않는 배달의 불꽃
천년만년 활활 타오르기를
한겨레 대한민국

모과나무의 행복

뜰 안 모과나무 한 그루, 물든 계절 앞에 옷을 벗는다 내려놓는 연습인지 오늘 아침엔 열매를 몇 알 내려놓았다 내일은 또 얼마나 내려놓을지 기다려진다 지난봄 가진 거라곤 맨몸뿐 온갖 진통 딛고 꽃눈 잎을 틔우고 뿌리로 양분과 물을 길어, 잎은 숨 쉬며 볕을 빨아 꿈을 키웠다 첫서리가 내릴 즘 내려놓은 모과 몇 알 거실에 모셔 놓았더니 집 안 가득 번지는 향기에 웃음꽃이 핀다 이 가을 앞에 난 무엇을 풍긴들 너만 할까 지는 낙엽처럼 애잔한 가을, 오늘따라 집안 가득 모과 향이 싱그럽고 새롭기만 하다

가을 전시회의 초대

가을 전시회의 출품작
파란 하늘, 단풍잎, 코스모스…
하나의 작품이
느낌으로 살아나 움직인다

누군가,
하늘에 풍덩 빠져들까
구름 몇 장 띄워 놓았나
누군가의,
붉게 타는 가슴앓이
산자락에 곱게 걸어 놓았나
누군가,
갖고 싶은 우러른 순정
하늘 향한 애절함이 목 빠졌나

그건,
가슴 적셔 우려낸
신선한 바람이었다
파란 하늘에
구름 몇 장 띄워 놓은 여유였다
가슴앓이 잎은
느낌으로 와닿는 애정의 표시였다
이 모두
하늘 그리운 날갯짓,
내 작은 가슴의 떨림이었다

산으로 간 이유

산행은 수행이다
산은 말하지 않고
거짓이 없다
늘, 보여주고 품어 주고 배려할 뿐
스스로 느끼고 깨달으라 한다

그 길은
힘들고 고통이 따르지만
정상은 땀의 결실
몇 고비 너머에 있다

가며 오며
수목들의 속삭임을 듣고
의연한 돌부처 앞에
나를 내려놓고
정상에 서면
모두 품은 너른 세상을 본다

땀으로 얼룩진 몸
세파에 찌든 마음
산의 기운으로 씻어낸다

산에 들면
몸짓 울림이 철 따라 다르고
무언의 깊이와 뜻,
스스로 깨우치라 한다

눈꽃길을 가다

하얀 눈이
사락사락 내리던 날
온몸 던져 피운 꽃 눈꽃
시샘 바람도 날려버리고
하얀 옷으로 갈아입는다

청춘을 불사르고
맨몸 던져
이날을 기다려 왔나
눈꽃 핀 설원의 아름다운 체취
시인, 화가, 사진작가는 발길 멈춘다

하늘 꽃 당신 곁에
오래 머물 수는 없지만
왠지, 당신 곁을 떠나는 게 너무 아쉽다
그립고, 보고 싶고, 생각날 때
마음 편에 간직한 당신을 꺼내 볼 거다
나에게도 눈꽃 필 날 기다리면서…

벚꽃 지는 길

벚꽃이 바람에 우수수 떨어진다
지는 것도 저리 아름다울까
절정의 순간 아쉬움의 몸부림인 듯
하얀 숨결 비바람에 자지러진다

숨 막히도록 눈부신 결
가슴 저리게 눈 맞추고 길 위에 눕는다

변덕스런 날씨에 데쳐진 꽃잎
그래도 보듬고 산지 얼마이던가
그 속을 뉘 알아줄까

결국, 때가 되면 지고 말 것을
지는 것도 아름답고 애절한 순간
나는 당신을 보내기 너무 아쉬워
가슴에 품은 채
벚꽃 지는 길을 터벅터벅 걸어가고 있었다

발(足)

발은 늘 바닥을 벗어나지 못한다 무거운 삶의 짐 벗지 못하고 오로지 일편단심이다 거울 앞에 서면 얼굴만 보고 발은 별 관심이 없다 눈가에 주름은 살펴도 발바닥의 굳은살은 별 관심이 없다 얼굴은 바르고 칠하고 고치고 정성이 지극하지만, 발은 푸대접받고 살고 있지 않나, 발이 쓰러지면 얼굴이 무슨 대수인가 기둥이 무너지면 지붕도 벽도 다 무너진다 발바닥 삶이 온전해야 기둥이 올바로 버틴다 발은 삶의 짐짝을 짊어진 평생 일꾼, 이제라도 발바닥 굳은살도 빼고 근육도 튼튼하게 키워 보자 여정의 길, 발이 건재해야 몸도 마음도 편안하리라

철쭉꽃

정을 모른 채
진달래꽃은 피고 지고
정을 알만하니 철쭉꽃이 피더라
순정은 칼바람으로 피고
그 순정은 사랑으로 다시 핀다

사랑을 나누며 잎은 트고
꽃은 베일 벗는 아픔이란다
늦바람에 꽂힌 사랑의 나래
언젠가는 내려놓아야겠지만
아쉬움에 붙들려 보고 또 본다

그래도,
뒤돌아볼 추억은 한 점 남겨두고 싶다
내일이 기다리고 있기에…

단 한 번의 여행

이 세상에 태어나 무한궤도를 타고 평생 단 한 번의 여행을 하고 있다 출발지와 시기는 있어도 언제 종착역에 도달할지는 알 수 없다 지나온 길 돌이켜 보면 평탄한 길도 있었지만 오르막길, 고갯길, 터널, 징검다리도 있지 않았나, 손을 뻗으면 닿을 가까운 사이, 힘들거나 부족할 땐 비우고 낮춰서 가면 된다 그것이 탈선을 막아주는 길이다 서로 팔 벌리면 닿을 사이 하지만, 서로 범해서는 안 될 길을 벗어나면 여행은 중도하차란다 제자리 지키면 평행선상의 두 바퀴는 탈선은 없다 앞으로 종착역이 얼마나 남았는지 모르지만 지금처럼 튼튼한 바퀴, 멈춤 없는 엔진이길 바랄 뿐이다 굽은 길 오르막길 산 넘고 물 건너 평생 단 한 번의 돌아올 수 없는 편도 여행길을 가고 있다 더도 말고 지금처럼 팔 벌리면 닿을 사이 서로 아끼며 감사한 마음으로 남은 여행 맘껏 즐겼으면 좋겠다

꿈틀거리는 소리를 듣다

아침저녁으로 바람이 선선하게 돌아선 걸 보니 기세등등하던 한 여름도 한풀 꺾여 시들하다 하늬바람이 콩밭을 휘젓고 매지구름을 앗아가니 논두렁 건너 풋사과 불그스레 맛 슬고, 뒷동산 자드락길 옆 아람주머니 토실토실 속 차오른다 밀잠자리 떼 파란 하늘을 여유롭게 유영하는 오후, 하늘 향한 꿈의 나래 곱게 펼치고 하늘을 난다 매미들의 오케스트라가 서서히 막을 내리면 여유로운 숲, 풀벌레 소리에 달님이 숨바꼭질한다 저 꿈틀거리는 소리는 분명 임이 오시는 발걸음 소리인 게다

4부

내 생애의 후반부에 피는 꽃

–2000년 이후 현재까지의 작품

봄바람

봄볕,
살며시 다가와
시린 가슴 보듬어 녹여준다

봄의 짓,
겨우내 찌든 마음 씻어
제 모습 찾아 돌아선다

봄의 내음,
지친 마음, 정 그리워
느낌으로 알게 해 준다

봄의 맛,
잃어버린 살맛
새롭게 다시 찾아주고
스치는 바람결이 되살아난다

창에 드리운 목련꽃처럼
봄바람은 새로움의 맛 꿈이었다

나팔꽃

임 그리워
그대 머문 창가에
귀를 쫑긋 세워봅니다

별빛 쏟아지는
밤이 그리워
그대 머문 우주로
안테나를 세워봅니다

귀 기울여
말문 터진 자리
속삭임 걸어 놓으면
잠 못 이루는 밤은 길기만 하여라

풀벌레는 이 마음 아는지
사랑의 세레나데를 연주하고
눈과 귀, 벽을 타고 올라
달빛 보듬은 자리마다
벼랑 허물고 방긋 웃고 있다

-2021년 월간문학 10월호 발표작

시간 앞에 서면

시간은 누구에게나
공평하다
당당하다
하지만,
시간은 사용설명서를 요구하지 않는다

오로지,
백지요 빈 공간일 뿐
시간은 오로지 당신의 몫이요 책임이다

시간 앞에
당신이 할 수 있는 건
오직,
멈춤이 없는 전진 사유의 창조뿐이다

계단

계단의 끝은 어디일까
지금,
당신이 가고 있는 곳은 어디쯤일까
세상 위에 펼쳐진 욕망의 계단
한 계단 두 계단 오르고 또 오른다
아련히 떠오르는 지난 여정
지금 이곳이
바라던 그곳인가
오늘도,
삶을 지고 힘들게 오른다
당신의 계단은 어디쯤에서 멈출까
언젠가 제자리로 돌아갈 것을…
하늘 향한 계단의 끝은
수평선, 바닥이라 한다
하지만,
난 지금도 올라갈 계단이 있어 내일을 맞는다

꿈 1

내가 좋아하는 음악이 흘러나온다
곡목도 작사 작곡자도 모른다
그저, 온몸이 빨려 어딘가로 미혹될 뿐이다

바위처럼 묵묵히
다른 세상을 꿈꾸며
피곤한 몸을 추스르고 달려왔다

시간은 그대로인데
나와 함께 모든 게 존재하고
사람 냄새 신선한 새로운 세상
자연과 친구 되어 고락을 함께 한다
그건, 차원 높은 심연 그대로의 교감이었다

밀어보다 소중한 피안의 소통
감정에 물들지 않고 새로운 맛이 있는 곳
그곳은 허무 너머 새로움의 신천지였다

유치한 소꿉장난
시시한 희로애락
부질없는 욕망
웃지 못할 애착
이 모두 하늘의 가혹한 가르침이었다
꿈이었다 단 반 시간도 안 되는 꿈

석류

청잣빛 하늘로
쏘아 올린
상상이 여물어 박힌다

갈 볕 슬은
석류알 복주머니
베일에 싸여 눈길 끈다

지난여름 내내,
쏟은 땀방울이
알알이 가슴에 꽂힌다

마음 밭에
보석처럼 잠든 석류알
상상 속 가슴 설레게 한다

어느 4월에 쓴 편지

밤새 쓰다
구겨버린 4월은
밤잠 설치게 하는 몹쓸 병

숨은 연둣빛 살 내음이
솔솔 파고들어 속살을 뜯고
밤 샐녘에는 삭신이 쑤셔오더라

받는 사람 주소도 없는
산들바람 타고 핀 꽃샘에
벌 나비는 갈증 찾아간다

4월은
쓰다 구겨버린
꽃들의 광란이었다

입춘

바람은 아직 쌀쌀하지만 햇볕은 따스한 느낌으로 다가온다 수목들이 동면의 기지개를 켜고 봄의 태동을 살며시 드러낸다 버들강아지, 목련 망울이 부풀어 생기 돋는다 유난히도 추웠던 지난겨울 시련 딛고 새로운 꿈에 부풀어 있다 먼 산 잔설이 녹아내리고 계곡물 소리는 기지개 켜고 언 가슴 녹여 속살거린다 뭐, 뭐라 해도 봄은 오고 있다 사립문 열고 마중 나갈 준비나 하자 담장 넘어 하루가 다르게 탱글어지는 목련 망울이 마음을 설레게 한다 순정이 무르익어 꽃피는 그날 난 버선발로 뛰어나가 보듬어 주리라 가슴 뛰는 소리를 들으면서…

설원의 발자국

어젯밤 내린 눈이
소복이 쌓여 한결 겨울 맛 난다
썰렁하고 텅 빈 숲,
하지만, 마음은 여유롭고 부자다

눈 덮인 산촌
칼바람 불어 삭막하지만
하얗게 사랑과 평화가 넘친다

하얀 여백에 꿈을 그려
난 발자국 따라 설원으로 갔다
추억은 소리 없이 도지는데
남긴 발자국은 눈에 선하기만 하다

해는 서산에 이울고
긴 겨울밤 꿈나라로 간다
아침에 눈을 뜨니
하얀 세상이 저만치 기다리고 있다

낙엽 떨어진 길

길 위에 낙엽이 떨어져 뒹군다
지난 세월을 반추하며 걷는다
꽃피고 푸름이 넘실거리던 시절
엊그제처럼 눈에 아른거린다

연륜 배인 모습이 저리 고울까
한 삶의 여정이
주마등처럼 스쳐 지나간다
발길에 밟히고 차이더라도
이 길은 노을 녘에 더욱 아름답구나

나 또한
너처럼 곱게 물들 수 있다면
얼마나 좋을까
갈잎차 향이 우러난
따끈한 차 한 잔 들며
지금의 당신을 새삼스레 마음속으로 그려 본다

-깊어진 가을 길목 차 한 잔 들며

아버지와 막걸리

꽁보리밥 알갱이가 입안에서 데글거린다 대문 밖 마당 켠 보리꺼럭 타는 냄새가 선잠을 깨운다 논두렁 넘어 콩밭에 두고온 정이 그리운가 보다 늘어진 오후, 구슬땀을 잠시 시키며 막걸리 한 사발 들이켜고 아버지는 뙤약볕 논두렁 안으로 든다 허기진 배, 수제비 한 그릇으로 배를 채운 오후, 층층시하 목구멍이 발목을 잡는다 막걸리 기운이 떨어지면 일이 손에 잡히지 않는지 오로지 탁배기 술기운으로 일만 하시던 아버지 웬지, 그리워진다 무엇이 그토록 버티는 힘이 되어 주었을까 멀리 떠나버린 지금에서야 알 것 같다

-초여름 아버지 생각에 젖던 창가에 앉아

첫사랑

때를 잘못 만나
제대로 피우지 못한 꽃
마음 한구석에 잠들어 있다
그중에
덧난 몇 송이 마음 밭에 핀다

한 송이,
달과 별 사이
눈빛 나누며 그리움에 젖는다

두 송이,
떨리는 가슴 가까이하기엔
아직, 시간이란 기다림이 있다

세 송이,
그리움은 멀고도 가까운 사이
지금 우리에겐 내일 뿐이다

네 송이,
그리움은 사무치는 열병
가슴에 묻고 갈 몹쓸 병이다

다섯 송이,
열병을 치유할 사랑의 씨앗
마음 밭에 심으면 꽃이 피고 열매 맺을까

이 마음 아는지 미소 짓는 다섯 송이 꽃

바람이어라

바람은 어디서 와
어디로 가는 걸까
옷깃 스치며
이 마음 흔들고 소리 없이 사라진다

바람은 알고 있을까
그리움에 불타는 이 마음을
넌 늘 이 마음 들쑤셔 놓고 사라지더라

바람은 느낄까
잔잔한 호수에 이는 이 파문을
어찌 모른 척 홀연히 떠나가는가

바람은 고독이란 걸 알까
다독이는 사랑의 손길
넌 외로움에 흔들리는 꽃바람이어라

시목(詩木)

센티한 소년의 가슴에 꽂힌
시(詩)나무 한 그루 마음 밭에 심었지만
돌보고 가꾸지 않아
열매는커녕 꽃도 피지 않았다

별 같은 너
가슴에 품고만 살았나 보다
헌데, 몇 해 전부터
새순이 트고 잎이 돋기 시작하였다

질긴 연의 고리 앙금 져
기회만 기다리고 있었던 게다

내놓기엔 부끄러운 시목
신선한 재료와 갖은양념을 넣고 버무려
새콤달콤한 맛과 향이 배어들어
오래도록 기억 속에 살아 숨 쉬면 좋겠다

목련꽃 지던 날

기쁨이 있으면 슬픔도 있다
살얼음 냉가슴 조이며
몽실몽실 꿈을 키워
보란 듯 꿈을 펼쳐 든 목련꽃

그 모습 그대로
오래도록 가슴에 간직하고 싶었는데
황홀한 기쁨도 잠시
애처로움에 눈길마저 떨굴 수밖에 없구나

추적이는 비에
지는 꽃잎을 가슴에 묻고
미련 같은 건 남김없이 불태우리라
환하게 한세상 가슴에 담아 보았으니
아쉬움이 남더라도 후회는 없으리라

물든다는 것

갈 물들어 곱다
나도 물들어 고울 수 있을까
너처럼 물들 수 있다면 얼마나 좋을까

가을이 오면 물드는 법을 배운다
물든 아름다움에 취하고
아름다움을 삭히는 향기에 취한다

잎새 하나 갈 물들면
나 또한 물든다
심혼이 피고 지는 가을 길목
너를 가슴에 묻고 내일로 간다

살며 가끔 찾아드는 병

쉬 치유할 수 없는
살며 가끔 찾아드는 병
삶은 무엇인가
나는 지금 어디쯤 가고 있을까

인연으로 와 연에 살다
언젠가는
그 질긴 인연 풀고 갈 게다

이 자유와 구속의 굴레
지구는 태양을 벗어날 수 없고
달은 또 지구를 벗어날 수 없다
그건 숙명적 만남의 인연인 거다

시간은 멈출 수 없고
앞으로만 가는
타임머신의 열차를 타고
어디쯤엔가 잠시 머물다 간다

눈에 선한 얼굴,
기억들이 되살아나
주마등처럼 스쳐 지나간다
덜거덕 삐거덕거리는 평행선 길
오늘은 어느 역을 향해 달리고 있는 걸까

오월의 환상곡

오월이 오면
들녘 길섶 억새밭에서 삘기를 뽑아먹고
시냇가 뚝방에서 찔레순, 시엉을 꺾어 먹던
추억 속으로 여행을 떠난다

마당 켠,
감나무에 그네를 띄우고
감꽃 목걸이 출렁이며 그녀가 놀 빛에 그네를 탄다

어스름한 달밤
고요 훔친 개구리들의 합창 소리
아련하게 온 동네를 들썩여 흔들어 놓는다

어디선가
아카시아꽃 향기 슬은 통기타 소리
밤을 잃은 그대에게 들려주는 사랑의 세레나데
지금도, 마음 저편에서 들려오는 듯하다

오월의 숲

연초록 물 뚝뚝 묻어나는
싱그러운 동심의 물결
소슬바람이 수작을 부려
단잠을 깨우니
파란 하늘이 하늘거린다

왠지, 쉬어가고 싶다
그냥, 잠들어버리고 싶다
오월의 숲 너의 품속에…

연둣빛 비단 조각
은밀한 공간 속에
새들이 찾아와 둥지를 틀고
마음에 든 임 만나
숨바꼭질 사랑에 빠진다

할 말도 숨죽인
한낮 오월의 숲
푸른 꿈 키우는 둥지마다
훗날을 기다리며
부푼 가슴 안고 마음 두고 온다

-2005년 서울글사랑 동인지 발표작

어느 겨울밤의 단상

된바람 문풍지 귀를 떨어내던 밤
졸가리 눈물 마르도록 가슴 베인다
바람의 자유가 진저리치도록 할퀴고 간 밤
창문 밖 달빛마저 차갑게 마음을 울린다

먼 하늘가 그리움이 얼비쳐 아려오면
밑불 사그라진 아랫목, 돌처럼 식어가고
새벽닭 우는 소리에 달은 기척이 없는데
문고리는 소름 끼치도록 쩍 달라붙는다

겨울밤은 길어서 마음도 더욱 시린 건가
이 겨울밤을 운김으로 녹일 수 있다면
서릿발 달빛도 가슴에 품을 수 있을 텐데…

-2008년 아람문학 가을호 발표작

누에는 허물을 벗고 비단옷을 입는다

어느 날, 시계의 태엽이 풀리고 외딴 무인도에 홀로 서 있는 느낌일 때가 있다 방향을 분별하기 힘든 망망대해를 거친 파도와 싸우며 살아온 기억들이 밤하늘의 별빛처럼 쏟아진다 거울 앞에 비친 내 얼굴, 내 모습 살점이 야윈 자리마다 마른 대추 같이 쪼글쪼글하다 앞만 보고 걷다 뒷머리를 맞은 것처럼 멍하니 빈 집을 바라본다 힘든 고난의 항해도 두렵지 않았던 지난날들이 썰물처럼 빠져나가 나목처럼 앙상하게 가지만 남아있다 왜 허전하게 허기가 느껴지는 걸까 늘 포만감으로 길들여진 속이 아니던가 가을처럼 푸른 삶의 거품이 빠지고 무르익으면 회한의 미련까지도 아름답게 보인다던데 거죽만 남은 가슴이 아름답게 보일 때 누에는 허물을 벗고 비단옷을 입는다

-2008년 아람문학 가을호 발표작

매듭달의 그림

열두 폭 한 해
한 장 한 장 찢겨 사르고
덩그러니 한 매듭 십이월

지난 시간들이 낙엽처럼 시리다
긴 잠드는 나목(裸木)
한 계단 딛고 별을 따러 간다

한 매듭 상처 아물고
해오름 그날
새 열두 폭 가슴에 안고

시린 낙엽의 기억을 반추하며
푸른 이파리 흔들며
또 한 계단 마루에 이를 게다

-2008년 아람문학 겨울호 발표작

아름다운 숨소리

숨소리가 아름다운 오월
아! 나무도 풀도 숨을 쉬고 있어
생긋생긋 연둣빛 품어내는 저 숨소리

그래, 숨이 붙어 있어
저리 이파리도 키우고 꽃도 피우고
숨 쉰다는 건 참 아름다운 거야

숨이 멈추면 죽는 거지
저기 잎사귀도 꽃도 피지 않는
핏기 없이 말라 버린 나무를 봐

계절이 바뀌어도 잠잘 때에도
숨만은 쉬어야 하는 거야
겨울엔 죽은 듯, 봄엔 파릇파릇하게

푸른 바람이 살랑살랑 불어오는 아침
수목들의 파릇한 숨소리가 들려온다
지난밤 지새도록 푸른 꿈 싣고 오더니…

-2009년 아람문학 여름호 발표작

아버지의 마음

귀 어둡고 눈이 침침해지면
아버지는 자식을 마음으로 보지만
자식은 그 속마음을 알지 못한다

한 세대가 가면 또 한 세대가 오듯
가을은 봄을 가슴에 새기지만
봄은 가을을 미루어 상상할 뿐이다

아버지가 자식을
자식이 아버지를 생각함이
그러하리

이 애들아
네 자식이 예쁘듯
아비는 네가 귀엽단다

귀먹고 눈이 침침해지면 알 거라고
이 마음이 꼭 아버지 마음이었어
가을이 깊어서야 낙엽이 지는 것처럼

-2009년 아람문학 가을호 발표작

창밖의 봄바람

언 가슴 녹아내리는 소리에
지워지는 이름 하나 있다
하얀 겨울

먼 산허리에 서리꽃 사라지면
물안개 계곡의 얼음장 풀어
버들강아지 탱글탱글 멍울 틔운다

겨울 끝자락
질척이는 발자국 따라가면
덕지덕지 붙어오는 흔적이 무상하다

몸서리치는 추운 기억들까지도
왠지,
그리 서럽거나 밉지만은 않다

새바람 뜰 안에 살금살금 들면
겨울의 두꺼운 옷 벗어 던지고
창문 열고 봄을 듬뿍 담으리라

-2010년 아람문학 봄호 발표작

풋내 나는 칠월

푸른 잎사귀 풋사과 한입 물고
바람 골에 얼굴을 살며시 내밀면
먹구름 먹은 소낙비, 홀연 나타나
콩밭을 후드득 두들기곤 사라진다

푹푹 쪄, 호박잎처럼 축 늘어진 오후
여우비의 심사에 발목 잡혀
원두막 품에 단잠을 자고 나면
구름 걷힌 마루에 쌍무지개 핀다

풋감자, 옥수수 입맛 돋는 칠월
풀벌레 소리 애절히 깊어지면
속이 차오르는 고추 같이
넌 매운맛으로 붉게 타오른다

-2010년 아람문학 가을호 발표작

타오름 달의 단상

땡볕에 달구고
비바람에 담금질하며
지긋이 기다립니다
타오름 달에는

푸름이 속으로 차올라
터질 듯 부풀고 맛 슬어
저마다 꿈을 달고
묵묵히 기다립니다

꿈이 차곡차곡 차오를수록
짙어가는 삶의 향기
땀 먹은 열매는
그날을 기다립니다
꿈은 미래에만 살기에…

-2010년 아람문학 가을호 발표작

겨울나무

겨울나무 속 잠든 어머니
한 생 애환의 결이 숨어있다
꽃피고 진 자국
잎 돋고 떨어진 흔적은 볼 수 없어도
옹이 응어리진 피멍 자국은 선명하다
겉모습은 늘 안 그런 척
허나,
연륜의 테 숨결이 곱다
눈보라 삭풍 견디고
갖은 비바람 맞으며 거둔 열매
골고루 다 나누어 주고
빈손으로 돌아선 겨울나무
겉은 강해도 마음은 비단결 같아
아직 내가 모르는 사랑 품고
차가운 세상 딛고 석탑처럼 서 있다

-2010년 아람문학 겨울호 발표작

동면의 꿈

수목들이 옷을 벗고 동면에 든다
물은 유리처럼 굳어버리고
흙은 콘크리트처럼 엉겨 붙는데
꿈은 그 속에서 잉태되고 있는 게다

그들은 지난 가을 끝 무렵부터
몸을 정갈하게 담금질하며
겨울잠을 기다려 온 게다

동면은 꿈을 꿀 수 있기에…

겨울잠에 든 나목처럼
꿈을 잉태할 수 있다면
오는 봄 새롭게
순이 돋고 꽃도 피울 수 있을 게다

-2011년 아람문학 봄호 발표작

창문에 걸린 홍시꽃

옆집 담장 넘어 홍시꽃이 피었다
가는 가을 아쉬워 고운 잎도 떨군 채
가지마다 알알이 피었다

눈길 끌어 정드는
홍시꽃 수채화 한 폭
허전한 이 마음 담아 창문에 걸어둔다

무서리에 떫은맛 삭혀
보기만 해도 달콤한 홍시꽃
까치들이 마실 와 기쁜 소식 전한다

첫눈 내리면
홍시꽃 걸어 놓은 창가에 앉아
추억을 탄 따끈한 차 한 잔 마신다

우듬지에 걸린 사랑
칼바람 겨울 길목을 보듬고
봄을 기다리는 이 마음 꼭 잡아 지켜 준다

-잎 진 감나무에 피는 홍시꽃에게

꿈 2

별은 신비스러워
마음 설레고
설원은 순수하여 가슴 뛴다

까만 밤
별을 따러 간 아이들
눈부신 설원
발자국 따라 간 아이들
그 아이들이 보고 싶다

아이들의 해맑은 눈동자처럼
미래로 성글어
해 솟는 땅
여백에 깃드는 여명의 소리를 듣는다

희망은
신비스러움에 설레는 마음
그대에게 드리는 새해 아침의 선물이어라

-2013년 아람문학 봄호 발표작

고도(孤島)의 낮

가슴 저미도록 보고 싶은 붙박이고도(孤島), 바다에 발을 담그고 속살대는 파도 소리를 듣고 있노라면 발가락이 간지러워 가슴이 움츠러든다 속이 깊은 넌 하늘 앞에만 서면 온새미로 수평선을 그리고, 동트면 해를 띄우고 노을 지면 불덩이 안고 잠든다 서로 눈빛 맞춘 파란 날은 빼다 박은 커플 옷 입고 꿈나라로 간다 풍랑이 헤집고 쓸고 가는 날에는 넓고 깊은 고요로 마음을 씻고 늘 제자리에 돌아와 있다 그리움이 넘실대고 야망이 출렁거리는 가슴 벅찬 나날들 설렘의 물결 속으로 빠져들어 바라보는 것만으로도 겉도는 사치이기에 수평선에 몸을 묻는다 눈만 뜨면 갓밝이의 수평선에 꽂히는 외로운 고도, 내일도 그 자리에 꿈을 간직한 채 너를 기다리고 있으리라 난 수평선 너머를 넘나드는 선견(先見)의 고도(孤島)가 되리라

산딸기

후드득,
소낙비 헤집고 지나간 자리
물기 먹은 망울이 탱글탱글 빛난다
잎사귀에 가려
보일 듯 말듯 눈에 아른거려 시선을 끈다

뜨겁게 달구던 태양이
서산마루에 쉬어갈 무렵
회억 속 그녀가
가슴 설레게 사뿐히 다가온다

산까치 놀던 덤불
더듬는 손길이 어눌한 데
향기 품은 입술이 볼그스레 반긴다

붉은 입술
시선이 꽂히는 덤불 길섶
네 얼굴이 눈에 아른거려
오늘도 슬그머니 그 길을 찾아 나선다

물오르는 봄

물은 생명이다
물이 있는 곳에
생명이 존재하고
그 생명은 물에서 태어난다

물은 때에 따라
얼음이 되고 수증기도 된다
얼음이 녹으면 물이 되듯
겨울이 녹아들면 봄이 온다

봄이 오면
땅이 풀리고
흙 속 실핏줄에 물이 흐르고
파란 생명이 꿈틀거린다

수목의 물오르는 소리
연둣빛 생명이 트는 소리
물 먹는 봄이 소곤거린다

연초록 손놀림이 바빠지고
산에 들에 꽃이 핀다
물의 나라에는
찬란한 봄이 일렁인다

-3월 22일, 세계 물의 날을 기리며

잎의 계적(啓迪)

가을비가 추적추적
마른 가슴을 적신다

하루가 다른
시월의 끝자락
뒷모습이 노을 닮아 곱다

너의
그 깊은 속을 알까
차안(此岸)에 줄 선 사람들

잎은 잎자루를
잎자루는 가지를
서로 아끼고 사랑한 흔적
떨켜를 부둥켜안고
지난 시간들을 반추한다

연의 떨켜
잎은 여명(餘命)을 불태운다
너처럼 생을 승화할 수 있다면
바람에 뒹군다 한들 어떠하리

내 삶에 향기를 찾아서

지친 하루 접을 무렵
향기가 솔솔 풍긴다
근원을 찾아보니
앞집 담장에 핀 라일락이었다

가슴에 닿아 맺는 이 향기
언제까지
가까이에서 느껴볼 수 있을까

문득,
나에게도 향기가 있다면
조건 없이 당신을 닮고 싶다

해 질 녘 안기는
변함없는 당신의 향기
늘 고맙고 삶의 힘이 된다

고목에 피는 꽃

지난 애환이 얼룩진
빛바랜 사진
그 위에 시간을 덧칠한다
주마등처럼 스쳐지나가는
삶의 역정
돌아갈 수는 없어
마음이 아프고 허전하다
어느덧, 인생길
한 역 한 역 지나다 보니
종착역은 어디 쯤일까
이처럼 오늘이 아쉽고
내일이 소중한 줄 몰랐네
어쩌면 기다림보다
여유로움이 부자이면 좋겠다
자애 속에 피는 믿음, 사랑
늦기 전에 후회 없이 꽃피워 보자
그래,
늦게 피는 꽃이 더 향기롭더라

품격이란

오늘은
초가을 날씨의 표본
선선한 바람, 청잣빛 드높은 하늘
유유자적 유영하는 흰 구름
한낮엔 아직 뜨거운 햇살
익어가는 벼이삭 과일들
이 모두 가을이란 품격의 민낯일세

초저녁에 뒷동산에 갔더니
신선하게 맛 슬은 바람이
옷깃을 파고들고
풀벌레 소리가 상념을 흔들어 깨우더라

풀벌레는 속삭이듯
물음표란, 왜란 너에게도 있을까
너에게 사랑, 희망, 부귀영화와
고뇌, 좌절, 고독 같은 게 있니
그저 생각의 차이 가치관이라 하네
이 모두 접고
오늘 지금 만큼은 풀벌레 네가 되고 싶다

성취감

성취감은 삶에 정신적 지주가 되어준다 몸은 아픈 곳 없이 잘 버티어 주면 더 바랄 게 없고 정신적 풍요와 위안은 고난과 역경을 딛고 얻는 보람의 성취감에서 온다 연륜이 들수록 점점 움직이길 싫어하며 게을러지고 만사가 귀찮아진다 하지만 도전은 삶의 힘을 실어준다 걷기운동이 좋다고 하여 폰에 만보계를 설치하고 하루에 만보걷기운동에 도전해 본다 실천에 옮기는 건 고통과 인내가 따르지만 결과는 땀으로 촉촉한 등짝에 마음은 상쾌하다 오늘도 해냈다는 성취감에 희열을 맛볼 수 있다 동네 인근 걷기운동코스는 다양하다 그날의 날씨 컨디션에 따라 어디로 갈까 그래도 출발을 할 땐 늘 부담을 느끼며 망설여지곤 한다 하지만 시작이 반이라고 막상 도전에 들면 욕심이 난다 오늘은 열 바퀴만 돌아야지 하면서도 다섯 바퀴를 더 돌게 된다 운동을 마치고 집으로 돌아갈 땐 성취감으로 발걸음이 한결 가벼움을 느낀다 어떤 일을 하더라도 성취감은 삶의 활력이요 살아가는 이유이다 힘들고 어려움은 성취감의 전제조건일지라도 나는 성취감에 취해 살고 싶다 미루고 망설이고 게을러짐은 나이를 탓할 필요가 없다 언제나 도전의 내일은 기다리고 있다

야구경기를 보고

투수와 타자 사이는
늘 팽팽한 긴장감이 감돈다
투수는 어떻게 하면 공을 못 치게 던질까
타자는 어떻게 하면 그 공을 칠까
삼진 아웃, 홈런이 터지면
망연자실하기도 하지만
서로 상대방을 헐뜯거나 문제 삼지 않는다
항상 실책에 대한 분석과 각성
내일을 준비하는 노력과 각오가 있을 뿐이다
그게 룰이고 살아가는 법이다
룰이 깨지면 야구도 없다
아마,
우리네 삶도 그와 같아서
타자가 있어야 투수가 있고
투수가 있어야 타자가 있다
룰이 지켜지고
건전한 상대가 있을 때
더욱 흥미로운 게임이 펼쳐지고
관중은 가슴을 열어 박수를 보낸다
그게 야구를 사랑하는 국민의 마음이요 희망이다
야구 경기를 닮은 세상이면 얼마나 좋을까
문득 야구경기를 보면서 새롭게 눈을 떠 본다

고드름

빙점을 오르내리며
서슬 퍼런 바람으로 빚은 삶
추녀 끝 벼랑 끝에 매달려
하늘 딛고 땅을 이고 산다

열구름에 오가는 해와 달, 별님은
이웃사촌 친구처럼 다정하고
바람 잠든 한낮 햇살이 꽂히면
심신이 녹아내리는 아픔이었다

눈 내리는 하늘이 원죄라면
추락하여 부서지는 몸을 뉘 거둘까
그래도 너의 혼이라도 건질 수 있다면
칼바람 겨울을 보듬고 사랑하리라

틀

틀은 자유의 구속이다
완전한 자유는 고독하다
우리 안을 벗어날 수는 있어도
네가 없는 밖은 두려운 거다

틀을 벗어난다는 것은
멀어진다는 거다
소통이 어려워진다는 의미이다

촉이 낯에 익숙해져야
때의 틀을 벗고
꽃이 피고 열매도 맺는다

그런 연유로
자유는 고독하게 튀고
예술은 고독하여 길게 가는가 보다

당신은 오늘 하루 어떻게 지내셨나요

인생 후반기의 지난 십 년
예전과는 달리
그리도 빨리 지나갔을까
웬지, 모르게 알싸한 아쉬움이 남는다

시간이란
아껴 저축할 수는 없을까
거울 앞에 서면 주름진 얼굴에
흘러간 세월이 초롱초롱 박힌다

오늘도,
시간은 내 의지와는 다르게 흘러가고
지나고 나면 아쉬움이 남지만
또 하루가 열리면 별 생각 없이 지나간다

앞으로,
나에게 주어진 시간은 얼마나 될까
몸은 옛날 같지 않은데
마음은 쫓기는 듯하고
시간은 초월할 수 없는데
비우면 여유로울 거라 한다

그 말은 쉽지만
실천하기란 어렵기만 하다
몸과 마음이 건강하면 힘이 솟고
여유의 시공(時空)엔 꽃이 피어나리라

기다리지 말고 즐겁게 맞이하는 거다
흘러간 뒤 마음에 담지 말고
물처럼 함께 흘러가는 거다
동행의 아름다움을 즐기면서
사랑과 믿음을 담아 함께 흘러가는 거다

-시간은 흘러만 가고 기다림이란 없더라

닫는 글

내 삶의 여백에 핀 꽃

어언 연륜이 깊어지면서 촉감도 둔해지고 눈도 침침한데 돌아갈 수 없는 지난날들이 아련히 그리움으로 가슴에 번져오던 날, 우연히 책장을 정리하다 빛바랜 노트를 발견하고 뭔가 가슴 뭉클 느끼는 메시지가 있어 지난날들을 회상하며 되새겨 본다.
뒤돌아보면 허상의 욕망에 젖어 산 삶이 부끄럽기도 하지만 꿈에 부풀었던 그 시절이 마음 한구석에 꿈틀거리고 있어 정갈한 마음 순수의 숨결로 돌아가 아쉬움의 글들을 정리 재탄생시켜 본다.

당신은 살아 숨 쉬는 시(詩)였다. 가까이하려고 하면 멀리 달아나 있어 왠지 난 작아지고 심한 갈증을 느꼈다. 그런 너를 별 같이 가슴에 품고만 살았나 보다. 내놓기엔 미흡하고 부끄러운 시목(詩木), 버리면 후회할 것 같아 신선한 재료와 양념을 넣고 버무려본다. 새로운 맛과 향이 배어들어 오래도록 기억 속에 살아 숨 쉬었으면 좋겠다.